LA GLADIATRICE

DU MÊME AUTEUR
CHEZ POCKET

LA ROMANCE DE TÉNÉBREUSE

LES PREMIERS TEMPS
1 LA PLANÈTE AUX VENTS DE FOLIE
2. LE CYCLE DES LÉGENDES (*Chroniques*)

LES ÂGES DU CHAOS
1 LES ÂGES DU CHAOS (*Chroniques*)
2. REINE DES ORAGES !
3. LA BELLE FAUCONNIÈRE

LES CENT ROYAUMES
1 LES CENT ROYAUMES (*Chroniques*)
2. LE LOUP DES KILGHARD
3. LES HÉRITIERS D'HAMMERFELL

LE TEMPS DES COMYN
6. REDÉCOUVERTE (avec Mercedes Lackey)

LES AMAZONES LIBRES
1 LES AMAZONES LIBRES (*Chroniques*)
2. LA CHAÎNE BRISÉE
3. LA MAISON DES AMAZONES
4. LA CITÉ MIRACLE

L'ÂGE DE DAMON RIDENOW
1 L'EMPIRE DÉBARQUE (*Chroniques*) 1999
2. L'ÉPÉE ENCHANTÉE*
3. LA TOUR INTERDITE**
4. L'ÉTOILE DU DANGER
5. LA CAPTIVE AUX CHEVEUX DE FEU

L'ÂGE DE REGIS HASTUR
1 L'ALLIANCE (*Chroniques*) 2000
2. SOLEIL SANGLANT***
3. L'HÉRITAGE D'HASTUR⁺
4. PROJET JASON
5. L'EXIL DE SHARRA⁺⁺
6. LA CHANSON DE L'EXIL⁺⁺⁺
7. LA MATRICE FANTÔME (RVA) ⁺⁺⁺⁺
8. LE FILS DU TRAÎTRE (RVA, 1999)⁺⁺⁺⁺⁺
9. LES CASSEURS DE MONDES

UNITÉ
1 CHASSES SUR LA LUNE ROUGE
2. LES SURVIVANTS
3. LES RUINES D'ISIS

LES VOIX DE L'ESPACE (*nouvelles*)
LES TROIS AMAZONES (avec André Norton & Julian May)
LA GLADIATRICE DE GUERRE (décembre 1998)

N.B. - Tous les volumes peuvent être lus séparément.
Certains romans se suivent, ils sont repérés par des * et des ⁺ Ils forment deux séquences à l'intérieur du cycle de Ténébreuse, unifiés par l'histoire de certains personnages et de leur famille, et qui peuvent être lus successivement.

SCIENCE-FICTION

Collection dirigée par Jacques Goimard

MARION ZIMMER BRADLEY

LA GLADIATRICE

POCKET

Titre original :
WARRIOR WOMAN

Traduit de l'anglais par SIMONE HILLING

Si vous souhaitez recevoir régulièrement
notre zine **« Rendez-vous ailleurs »**, écrivez-nous à :

« Rendez-vous ailleurs »
Service promo Pocket
12, avenue d'Italie
75627 PARIS Cedex 13

ISBN 2-266-06581-5

PROLOGUE

A l'époque où l'homme ne voyageait pas encore dans l'espace, certains passaient leur temps, assis dans d'élégantes salles de contrôle, à guider des satellites en orbite ou des robots géants affectés à la construction des édifices ou des ordinateurs surpuissants qui affecteraient les décisions à travers un continent ou un monde. Et il y en avait aussi qui arpentaient les déserts, pieds nus, sans autre bien qu'une outre emplie d'eau et un javelot, chassant les antilopes et déterrant des racines, et d'autres encore qui poussaient la charrue à mains nues en priant d'étranges dieux de leur envoyer la pluie.

Au-delà de notre monde brillent un million de milliards de soleils éclairant un million de milliards d'autres mondes, et d'innombrables hommes et femmes qui luttent pour survivre et prospérer. Et sur certains d'entre eux, les hommes ont construit des cités où ils résident, servis par des cerveaux et des robots géants, tandis que sur d'autres, les hommes s'escriment pour subsister dans le désert ou la forêt vierge, par l'épée et la lance et les forces que leurs dieux inconnus ont accordées à leurs corps et à leurs esprits.

Ainsi en est-il aujourd'hui.

Ainsi en sera-t-il toujours, dans des univers sans nombre.

Chapitre I

Explosions de feu blanc autour de moi. Coup qui me fend la tête.

Chaleur. Douleur. J'étouffe, je suffoque pendant des éternités, je meurs.

Soudain des mains brutales sur moi. Je ne suis pas morte, je le sais obscurément ; je me débats contre ces mains, sans savoir si elles veulent me secourir ou me nuire ; je suffoque encore, les mots destinés à m'apaiser n'ont pas de sens ; le temps n'existe plus ; les mains déchirent ma jupe, écartent mes cuisses, je suis nue, animal mordant, sanglotant, suffoquant, luttant pour fuir, griffer, déchirer, mordre, survivre.

Je suis tenue, forcée ; je hurle, j'étouffe, haletant pour reprendre mon souffle, ne serait-ce que pour hurler encore. Visage féroce, laid, barbu, déchirant mes derniers haillons. Je suis fendue, lacérée, sanglante ; cette agonie ne finira-t-elle jamais ? Souffrance et terreur, je lutte, griffe, saigne, suffoque.

Un coup me fend la tête. Explosions de feu blanc autour de moi.

Et je me réveille en hurlant. Une fois de plus.

— Jasric, dieu des guerriers, grogne quelqu'un dans les ténèbres suffocantes, fais taire cette fille pour une fois. On fait tous des cauchemars. La ferme !

Je remue mes chaînes sur la pierre rugueuse, les enroule tendrement autour de moi pour m'y blottir, essayer de dormir.

Explosions de feu blanc qui me fendent la tête...

Mes premiers vrais souvenirs — souffrance, secousses incessantes. Même maintenant dans mes cauchemars, je me rappelle la souffrance, les secousses et le fait d'être ligotée sur le dos de quelque animal ; mais des mots tels que souffrance, secousse, animal, ligotée n'ont pas de sens pour moi. Je n'ai pas de mots pour les exprimer. Je souffre sans interruption, sans savoir pourquoi ni comment, animal blessé. Je ne sais pas ce qui m'est arrivé ; tout ce que j'ai vécu avant a été brûlé par le feu blanc. Je ne sais pas ce qu'est la mémoire, ni que je l'ai perdue. Cela viendra plus tard. Epuisée, je dors, m'éveille, suis autorisée à manger et boire (mais jamais assez), et, trop souvent, quand je me réveille, avant de manger et de boire, il y a des mains qui me tripotent, le poids et le désir de quelqu'un dont j'essaye de ne pas voir le visage pendant que je me débats et hurle, sachant que si je me débats trop fort il n'y aura rien à manger, et, pire, rien à boire. Après, toujours après, on me rattache, me débattant, sur quelque animal. Au bout d'un moment, je comprends que ce n'est pas pour me faire mal qu'on m'attache, et je cesse de me débattre contre les liens, l'animal ; mais, tout en sachant que cela signifiera faim et soif, je ne peux m'empêcher de repousser les mains et les corps des hommes, frappant, griffant, jurant. Je me dis que, cela fini, il y aura à manger et à boire, mais je n'arrive pas à me résigner à supporter *ça* avec patience. Plus tard, on me permet de chevaucher l'animal. J'apprends des mots simples : selle, monter, blesser, manger, boire, dormir. Boire est celui que j'emploie le plus. J'ai toujours soif.

Puis, des souvenirs remontent des profondeurs de mon esprit : je suis dans une vaste pièce dallée, avec un grand bassin de pierre rempli d'eau à ras bord. Je me rappelle avoir voulu boire l'eau du bassin, puis le rire indulgent avant qu'on porte un vase d'eau à mes lèvres, et pour la première fois, si je me souviens bien, je peux étancher ma soif, même si je m'arrête deux fois, craintive, attendant qu'un coup m'en empêche et qu'on éloigne le vase. Quelque temps plus tard, on me donne un bain, l'eau divinement douce à mes brûlures et à ma peau meurtrie. Puis des mains habiles massent mes muscles, et des onguents adoucissent les escarres des jours passés en selle.

Il me semble que je suis ici depuis des jours et des nuits,

première paix que j'aie jamais connue. Quand vient l'obscurité, on ne me descend plus de ma monture pour me jeter où des mains peuvent me tripoter dans le noir et étouffer mes cris ; je n'ai jamais appris à me taire et à me soumettre. Ici, ce sont des femmes qui nous gardent, et je peux dormir sans cette terreur, mais c'est ici que j'apprends un autre mot, *cauchemar,* car le feu blanc qui me fend la tête me réveille, suffoquant, griffant et hurlant. J'apprends que mes tourments ne recommencent pas, que ce n'est qu'un mauvais rêve, mais j'ai peur de dormir, et j'apprends un autre mot. *Peur.*

Un jour, une femme me redonne un bain, peigne et coiffe mes longs cheveux ; je crie aux secousses du peigne dans les mèches emmêlées, et au lieu de me faire taire par des coups, elle coupe les nœuds avec un couteau et me rassure par de douces paroles que je commence à comprendre. Je m'abandonne dans ses bras, sanglote contre son sein, et elle me serre sur son cœur. Je suis heureuse. Je veux que ça dure toujours mais elle me redresse doucement pour finir de me coiffer et me passer une robe courte, trop courte. J'essaye de la tirer sur mes genoux, mais elle ne couvre pas mes longues jambes, et les autres femmes rient de moi et me taquinent avec des mots que je ne connais pas. Je suis habillée, parfumée, et l'on me donne du vin qui me brûle la bouche ; les femmes se remettent à rire quand je le crache, mais la gentille porte de nouveau la coupe à mes lèvres, insistant doucement pour que je la vide. Pour lui faire plaisir, j'avale ce feu ardent, tousse et tache ma robe, mais la gentille arrête celle qui jure et veut me frapper, et apporte un linge pour effacer la tache. Puis, tandis que je me débats en sanglotant, on me fixe de nouveau des chaînes aux poignets et on me pousse dans une longue file d'hommes et de femmes exposés sur une haute estrade.

Et alors je sais que je vais être vendue comme esclave.

Je pense maintenant que je dois avoir compris plus de mots que je ne le réalisais, que je dois savoir, un peu, ce qui se passe sur l'estrade, cris et appels trop rapides pour moi. Je me recroqueville, m'efforçant de me couvrir de ma trop courte tunique. J'entends rire, et ne sais pas qu'ils se moquent de moi.

A un moment, je suis poussée vers un acheteur. Je n'ai aucune idée de mon prix, mais je crois qu'il a été élevé. Avec deux autres femmes et deux hommes enchaînés à l'air brutal, je suis conduite à une litière et jetée à l'intérieur. Je me demande si le vin, dont je n'ai pas l'habitude et qui fait encore tourner ma tête et pleurer mes yeux, va me faire vomir sur les beaux coussins de la litière. La litière se balance sous moi, à travers les rues aux pavés inégaux. Les autres femmes me disent que j'ai été vendue comme putain au Maître des Gladiateurs. Je ne sais pas ce que cela veut dire. L'un des hommes, une brute en tablier de cuir, s'approche et veut m'arracher ma tunique. Je gémis, mais une injonction cinglante l'arrête.

— Arrière, canaille ! Tu auras le temps pour ça plus tard, quand tu l'auras mérité. Oh, on vous traite bien à l'Ecole des Gladiateurs : vous avez à manger et à boire à suffisance, et même des femmes — n'a-t-il pas acheté ces trois-là ? Mais c'est au Maître de décider quand et où vous aurez les femmes, alors pour le moment, bas les pattes, compris ? C'est un ordre.

Et la brute me lâche.

Puis la litière s'arrête, et nous tous, les autres femmes, la brute au tablier de cuir et un grand garçon craintif d'environ dix-sept ans, on nous pousse dans une vaste cour intérieure.. Des armes sont empilées partout, et pendues aux murs des bâtiments qui nous entourent. A un bout, il y a une piscine et un édifice dont j'apprends plus tard que ce sont des thermes. A l'autre bout, (ainsi que je l'appris plus tard) s'ouvre ce que nous appelons la Porte du Destin, car elle mène dans l'arène dont tant d'entre nous ne reviennent jamais. Sur les côtés, les quartiers d'habitation et une forge où l'on fabrique les armes.

Dans la cour, une demi-douzaine d'hommes s'entraînent avec des épées et des lances ; d'autres exécutent un exercice qui ressemble à une danse au ralenti. Toutes les activités s'arrêtent en même temps que la litière, et tous font cercle autour de nous. Mais le souvenir des cliquetis du métal m'emplit les oreilles et je fixe les épées accrochées aux murs. Je sens mes doigts se recourber, cherchant la sensation d'une arme dans ma paume, ma main est prête à saisir une poignée.

Les hommes s'attroupent autour de la litière et crient : « Des femmes ! » Ils lancent des lazzis bon enfant à l'adresse de la brute aux gros muscles, de l'adolescent terrifié.

— Hé, qu'est-ce que c'est que ça ? Un gladiateur ou une punaise pour ceux qui ne savent pas y faire avec les femmes ?

Il se recroqueville, et je le plains, mais alors il saisit une épée sur un mur et la brandit, et les autres l'acclament avec bonhomie.

Mais il y a d'autres sons, des mots que je comprends à peine, pour les autres femmes et pour moi quand nous descendons. Je sais que nous avons été achetées à l'usage de ces brutes, et entre le vin qui me pèse toujours sur l'estomac, et la peur, j'ai de nouveau envie de vomir.

Un homme, l'épée négligemment passée sous le bras, s'approche d'une des deux femmes, la plus petite et la plus jolie, qui lève la main pour tapoter sa vilaine joue avec un sourire engageant. Il l'entraîne vers une porte — j'apprendrai plus tard que c'est celle des dortoirs. Un homme dont je saurai bientôt qu'il est le Maître des Gladiateurs l'y autorise de la tête, puis fait un signe à un autre heureux. Il s'approche de moi, me pétrit violemment les seins, et, comme je recule, dit quelque chose de trop ordurier pour mon vocabulaire limité. Il y a des rires gras, et des lazzis quand il tire sur la tunique qui me couvre si mal.

Et je sais que c'est l'instant du choix. Si je flanche maintenant, si je le laisse m'entraîner vers sa chambre, je passerai le restant de mes jours à ouvrir les cuisses pour ces brutes...

Feu blanc qui me fend la tête, coups, cris, suffocation, mort, animal qui m'écarte les jambes...

Mieux vaut mourir vite. D'un bond, l'épée est dans ma main, ma main se resserre sur la garde comme sur une vieille amie. Nauséeux, ivre, mon corps se rappelle ce que j'ai oublié. J'adopte — ainsi que je l'apprendrai plus tard — la posture classique de défense. Je manie l'épée à deux mains ; elles sont encore enchaînées, je n'ai pas le choix.

Avec un hurlement de rage, il lève aussi son épée, et moi — nauséeuse, ivre, enchaînée — je lui fends le crâne.

— Jasric nous garde ! La femelle est une guerrière !

C'est la voix du Maître des Gladiateurs. Il s'approche à grands pas dans le silence. La deuxième femme qui ricanait nerveusement se tait sous son regard sévère.

Il fait un signe de tête impérieux.

— Donne-lui la clé.

Quelqu'un me lance une clé. Sans lâcher l'épée, je la prends entre les dents et baisse la tête pour l'introduire dans la serrure. A un signal du Maître des Gladiateurs, quelqu'un — je ne regarde pas son visage — vient tourner la clé et me libère.

— En général, je ne m'embarrasse pas de gladiatrices, dit le Maître des Gladiateurs. Le jeu n'en vaut pas la chandelle. Mais tu as gagné le droit d'être mise à l'épreuve. Tu veux essayer ? Crois-moi, ma fille, la vie de pute est plus facile.

Et il attend ma réponse. Pas un bruit, sauf le jet d'eau tombant dans la fontaine à l'autre bout de la cour. Même l'autre putain a cessé de ricaner.

Ma voix est rauque, rouillée de m'être tue si longtemps, et je connais très peu la langue, mais je m'efforce de trouver les mots.

— Je ne suis pas une putain. Si je dois être l'une ou l'autre, je préfère être une guerrière.

— C'est ton droit de choisir, dit-il.

Et il fait un geste ; deux hommes emmènent le corps de celui que j'ai tué. Je n'ai jamais su qui c'était, je n'ai pas même connu son nom. Le Maître regarde la dernière fille d'un air belliqueux.

— Tu veux aussi avoir ta chance à l'épée ?

Elle secoue la tête, recule, et me foudroie d'un air de haine virulente. Je ne sais pas pourquoi.

— Bon. Deux putes vous suffiront, bande de feignants froussards. Assez perdu de temps.

Il fait un signe à un homme qui emmène la dernière femme en me regardant de travers.

— Toi, ma fille, choisis-toi une épée là-bas... sauf si tu veux garder celle-là. A mon avis, elle est trop lourde pour toi, mais entraîne-toi avec et vois ce que ça donne. Je trouverai quelqu'un pour faire assaut contre toi.

Puis il parcourt du regard le cercle des hommes, et dit avec une sourde menace :

— N'oubliez pas ; c'est une guerrière, pas une putain. Bas les pattes. Fille, je t'autorise à te défendre, mais pas à tuer. Retiens bien ça.

Et c'est ainsi que je deviens gladiatrice.

Chapitre II

De l'eau froide éclabousse mon visage ; mes mains, calleuses maintenant, lavent la poussière et la sueur de mon corps.

— Envoie donc un peu de flotte par ici, Zad'yek, grogne Hassim.

Alors, je soulève le seau et le vide sur son visage, ses larges épaules portant les traces d'une vie passée sous les armes — taches brunes du cuir sur la poitrine, le dos et autour de la taille. Et, mêlées aux dessins laissés sur son corps par le cuir, les cicatrices blanches d'une cinquantaine de blessures. Je ne sais pas si ces cicatrices sont dues au champ de bataille ou à l'arène. Peu m'importe. Ce sont les cicatrices d'un survivant. Il peut m'aider.

— Ouah ! Ça fait du bien, Zad'yek.

Il demande du geste un autre seau. C'est le travail de l'entraîneur, mais je m'exécute, déversant l'eau sur sa carcasse en sueur.

Zad'yek, c'est ainsi qu'on m'appelle maintenant. Ce n'est pas un nom, mais je n'en ai pas d'autre. Zad'yek. Forme contractée de Zadieyek, qui signifie, dans leur langue, quelque chose comme *Femme redoutable*.

Hassim cligne comiquement des yeux en s'essuyant le visage de la main, grognant de plaisir à sentir sa fraîcheur. Puis il prend le seau d'eau à boire et avale une gorgée parcimonieuse, presque comme s'il faisait des manières. Il m'a déjà appris ça, en m'arrachant le seau où j'aurais bu jusqu'à plus soif. (Le souvenir de la soif du désert me tourmente toujours. Une fois, il m'a laissée boire tout mon soûl, puis a grogné de sympathie en me tapotant le dos pendant les crampes violentes qui suivirent.)

Il s'assied par terre tandis que je bois quelques gorgées, puis m'attire près de lui.

— Tu n'es pas encore gladiatrice, petite. Tu as du pain sur la planche, beaucoup à apprendre. Repose tes muscles. Entraîne-toi à l'excès, tu seras malade et tuée la première fois que tu passeras la Porte de la Mort.

C'est un autre nom qu'ils donnent à la Porte du Destin.

Hassim parle par courtes phrases grognées, cette langue n'étant pas sa langue maternelle à lui non plus. Je médite là-dessus, m'efforçant de renvoyer ma mémoire aussi loin qu'elle peut remonter (*Secousses. Feu blanc dans ma tête...*) et je renonce.

J'en ai appris assez pour savoir que j'ai presque tout à apprendre. Une femme comme moi n'avait assurément ni père ni mère, ni frères, sœurs, amis, parents. Mari ou amant. Même née esclave, un maître m'aurait achetée avant que j'arrive au marché aux esclaves de cette cité, dont je sais maintenant qu'elle s'appelle Jemmok. Je sais qu'on m'a amenée de loin à travers le désert, captive, enchaînée, et ligotée sur le dos de quelque animal ; mais je ne sais pas de quelle direction je venais, et je ne porte pas de marques d'enchaînements précédents.

Hassim ne pose jamais de questions. Peu lui importe. La première fois qu'on l'envoie m'entraîner, il fronce les sourcils, comme un ours, sous les lazzis des autres. La brute au tablier de cuir manie le soufflet dans la forge où l'on fabrique et répare les armes ; l'adolescent dégingandé est instruit par le Maître des Gladiateurs en personne. Mais j'en sais assez, sans savoir comment je le sais, pour être reconnaissante de la chance qui m'a mise entre les mains d'Hassim. Il a une véritable passion pour les armes, et ne se fatigue jamais d'en parler, même quand nous nous affalons par terre pendant la pause du milieu de la matinée et de l'après-midi.

Les autres parlent de vin, de femmes, des vieux amis morts par-delà la Porte du Destin, parfois de l'or qu'un riche prodigue à un gladiateur héroïque.

Hassim ne parle que d'armes et de combats.

— Garde toujours levé le bras du bouclier, petite. J'aurais pu passer ta garde ce matin. Fortifie-le. On te donne un bouclier pointu en bas — il montre la pointe — comme une arme. Bonne arme : tu l'abats, c'est mieux qu'une lance. Mieux qu'une lance, tu comprends. Mais bras du bouclier pas encore aussi fort que bras de l'épée. Bras doit être dur comme un roc. Regarde.

Il place son énorme bras gauche, serrant le poing, dans ma main.

— Fort comme un taureau. Vache est forte aussı, ha !

Mais ses mains sur mon bras ne m'offensent pas. Il me touche comme il touche une arme, mais avec moins de tendresse. Je promets :

— Je m'entraînerai.

Et je me relève avec lassitude. L'entraîneur vient inspecter mon bouclier.

— Trop lourd pour toi, non, ma fille ?

Je secoue la tête, sachant quelque part qu'un bouclier plus léger ne m'équilibrera pas quand je lancerai tout mon poids en avant, confiant mon corps à l'impulsion puissante de la frappe conjointe de l'épée et du bouclier. Je le prends par la pointe, le lance en l'air et le rattrape par la poignée. Mon corps se rappelle avoir fait cela, moi, non. Je dis gauchement, cherchant mes mots :

— Façon de choisir bouclier dans mon pays. Celui-là, bon, bon équilibre.

— Tiens ? fait-il, ses yeux s'attardant sur moi, curieux. Où est ton pays ?

De nouveau, le noir m'engloutit, et je serre les dents pour ne pas pleurer.

— Je... je n'arrive pas à me rappeler.

Il hausse les épaules. Je ne sais pas s'il me croit ou s'il s'en moque.

— Hassim. Apprends-lui à se servir du bouclier.

Dix jours. Dix jours, puis ou je meurs au-delà de la Porte du Destin, ou je suis une vraie gladiatrice, sous la protection de l'Akharet — le souverain de la ville, le Grand Tout-Puissant — tant que je vivrai. Esclave, mais esclave très spéciale. La plupart achètent leur liberté dans les trois ans, s'ils vivent jusque-là. Beaucoup se retirent riches. Beaucoup continuent à combattre. Comme pour Hassim, c'est devenu une passion chez eux. Je travaille jusqu'à en trembler, mais toujours, quand je sombre dans le sommeil, épuisée...

Feu blanc qui me fend la tête, je suffoque, hurle, halète pour recommencer à crier, je sens mon corps fendu par ce que je sais maintenant qu'on appelle un viol, je me réveille en hurlant...

Hassim est à genoux près de moi, sa lourde présence familière sous mes couvertures. Je bande mes muscles pour le repousser ; il me calme, les mains douces et impersonnelles, comme avec un animal.

— Non ? Je crois, faire amour, chasse...

Lui aussi hésite, cherchant le mot.

— ... chasse les cauchemars.

Mais il sent ma crispation, la terreur qui me coupe le souffle. C'est mon ami, il devrait avoir de moi ce que je n'ai pas pu empêcher les autres de prendre. Mais c'était dans l'obscurité du cauchemar, du pré-souvenir. Il me sent trembler.

— Non ? Sûre, non ? Alors, pose ta tête sur mon épaule. Dors, petite, dors en silence, ou ils nous battront pour avoir fait du bruit.

Il me tient dans ses bras. Comme un père. Ai-je jamais eu un père ? Qu'est-ce que j'en sais ? Non. Comme un enfant serre sur son cœur son jouet préféré, Hassim tient sa meilleure arme. Tendre, possessif, soucieux de ne pas l'abîmer.

Je dors, et, pour une fois, je ne me réveille pas.

Peu à peu, au cours des jours précédant les Jeux, j'apprends.

La cité, c'est Jemmok, gouvernée par l'Akharet, le Tout-Puissant, et sa compagne. Je ne sais pas exactement si elle est sa sœur, ou sa femme, ou peut-être les deux, les subtilités de la langue continuant à m'échapper. L'Akharet et sa compagne possèdent chacun un *tammarim,* un groupe de quatorze gladiateurs. Pour les singer, tous les nobles, hommes et femmes, se disputent les gladiateurs que l'Akharet et sa compagne ne choisissent pas. Après ma mise à l'épreuve dans l'arène, je serai proposée à l'Akharet ou à sa compagne s'ils veulent de moi ; sinon, les nobles pourront m'acheter aux enchères.

Ayant le statut de gladiatrice, des lois me protègent. Je ne peux pas être utilisée comme putain, ni être vendue comme telle. Je ne peux être tuée que dans l'arène ; tuer un gladiateur entraîne des pénalités terribles, excepté dans l'arène et avec les armes autorisées. Si je n'avais pas été prête à mourir, je n'aurais jamais osé combattre l'homme qui m'a touchée le premier jour ; seul le hasard m'a poussée à saisir l'épée et à lui fendre le crâne. Parce que j'ai pris, instinctivement, l'épée, j'ai gagné le droit d'un essai dans l'arène. Si, par exemple, je lui avais fendu le crâne avec mes menottes, j'aurais été torturée, ou brûlée, ou livrée aux hommes jusqu'à ce que mort s'ensuive, puis mon corps aurait été jeté dans la pâtée des cochons pour qu'ils me dévorent.

Quatre jours avant les concours qui ouvrent les nouveaux jeux, qui ont un nom et un but que je ne connais pas, on me dit que, pour mon premier combat, je lutterai avec un nouveau venu, un grand rouquin filiforme, à la bouche déformée par une cicatrice, qui combat armé d'un filet et d'un trident. Je ne crains personne à l'épée, mais la nuit, je me réveille, terrifiée, non, cette fois, par le feu blanc, la suffocation et le viol, mais par la terrible morsure du trident dans ma chair.

Et le jour arrive, avec des sonneries de trompettes si fortes qu'elles doivent emplir toute la cité. Aux gladiateurs, on donne un bain, une volaille rôtie et beaucoup de vin, que je ne touche pas parce qu'il me brûle la bouche et que je sais que je le vomirai. Les combattants de l'Akharet sont vêtus de tuniques neuves, écarlates, soutachées d'or, et ceux de sa compagne sont en pourpre. Chaque noble envoie quatorze tuniques neuves à son *tammarim* de combattants. Ceux d'entre nous qui n'ont encore jamais combattu dans l'arène et qui n'appartiennent à personne sont habillés de lin blanc et raide, et placés derrière les autres, les gladiateurs qui ont un maître, pour franchir la Porte du Destin. Je regarde Hassim dans sa tunique pourpre, et je ne reconnais pas son visage familier. C'est irréel, tout est irréel, comme je suis irréelle.

Franchie la Porte du Destin, de violentes lumières éclatent à mes yeux, et j'entends un grand bruit, comme celui d'un océan lointain, ou comme le rugissement de... le rugissement de... je sais presque ce qu'est ce son, avant de savoir que c'est le bruit de la foule, martelant nos oreilles, nous hurlant sa bienvenue. Haine, amour, soif du sang, ou un peu de tout ça ? Hassim m'a avertie la veille.

— *Ne regarde jamais la foule.* Pour toi, rien n'existe, que toi et ton adversaire dans l'arène. Ne lève jamais les yeux, même sur ton maître, même si ton maître est ton amant. Surtout si ton maître est ton amant.

On fait une fois le tour complet de l'arène pour que tout le monde nous voie, puis on nous range selon nos spécialités. Je regarde Hassim, soudain terrifiée, mais il ne tourne pas les yeux de mon côté. Je suis seule, totalement seule, il a son combat à la vie, à la mort à livrer, et il ne peut pas penser à moi, comme je ne dois pas laisser mon esprit s'attarder sur lui. Je me sens toujours irréelle d'avoir à combattre, pourtant, mon corps se rappelle ce que mon esprit a oublié, et je bande mes muscles, le goût froid du métal dans la bouche, et, soudain, j'ai l'impression d'avoir à courir pour vider ma vessie sous peine de mouiller mes vêtements comme une petite fille, ou de quitter l'arène en courant, paniquée. Pourtant, je sais que je ne ferai ni l'un ni l'autre ; je resserre la main sur la poignée de mon épée, et je sais que mes poignets sont de l'acier trempé, que je suis prête à lever mon arme.

Mais ils ne sont pas encore prêts pour moi. D'abord, il y a un combat entre le grand adolescent entraîné par le Maître des Gladiateurs en personne, et un petit homme à la peau jaune que je n'ai pas vu souvent lors des exercices, armé d'une fronde et d'un petit couteau. Cela fait l'effet d'un assassinat, d'opposer ce gringalet au grand adolescent musclé, avec sa longue épée et son bouclier pointu comme le mien. Le petit frondeur est nu, à part un pagne et un petit casque en métal, tandis que le mirmillon est en cuirasse de cuir comme moi.

Le petit frondeur tourne autour de son adversaire, comme un crabe qui détale. Il n'est pas en tunique de lin blanc comme les autres nouveaux, et je me demande, car son pagne est incolore, si c'est un amateur, ou s'il appartient au tammarim d'un noble.

J'entends le rugissement de la foule s'élever dans l'aigu jusqu'au hurlement. Le frondeur, donc, est le favori. Je regarde le novice en blanc, mon frère d'armes, dont j'ignore le nom, qui ne cesse de tourner pour rester face au frondeur et prévenir ses ruses. Si rapide que je ne vois pas son bras bouger, le frondeur fait tournoyer sa petite arme et j'entends quelque chose faire *Clac* sur le bouclier du novice. Un second coup suit, que je n'entends pas, mais, avec un grognement presque inaudible, le novice lâche son bouclier. Comme il cherche à le ramasser, le frondeur s'élance, et, quand le mirmillon se redresse, son œil explose en une averse rouge, et il s'abat avec un hurlement angoissé. Avant qu'il puisse se ressaisir ou se relever, le frondeur lance une autre pierre tourbillonnante, et un trou noir apparaît au-dessus de l'œil crevé. Le jeune mirmillon, du sang dégoulinant sur sa tunique virginale, demeure immobile. Le frondeur lève les bras avec un cri rauque, et la foule l'acclame, en délire.

Assassinat, donc, mais pas comme je le pensais. C'était le novice musclé qui était impuissant comme un enfant devant le frondeur, malgré son épée et son bouclier. Plus tard, j'apprends que le frondeur n'a droit qu'à un *tammarim*, quatorze, de ses pierres lisses et mortelles ; une fois qu'il les a épuisées, il peut être pourchassé et massacré, n'ayant pour toute arme qu'un petit couteau long comme le doigt, à peine suffisant pour couper la viande à table. Mais que son adversaire baisse un instant son bouclier, ou expose une seconde sa tête ou un organe vital, et la mort est rapide. L'adolescent en blanc n'aura jamais l'occasion de l'apprendre. Je regarde, au-delà de l'horreur, au-delà de la peur.

Maintenant, c'est mon nom qu'on appelle, Zadieyek, *Femme redoutable*. Mes mains sont comme du plomb, et j'ai du mal à soulever les pieds. Je m'exhorte : le pire que puisse me faire le rétiaire, c'est de me tuer ; la lâcheté dans l'arène est récompensée par la torture. Pourtant, ma bouche est si acide, ma vessie si gonflée que je crains un instant de vomir ou de me souiller devant cette foule immense.

Un bienheureux moment de répit m'est accordé par les applaudissements de la foule. Je sais que je suis belle, je sais que les hommes aimeraient me culbuter, et parce qu'ils ne peuvent pas, ils se contenteront de voir du sang couler sur ma peau claire, rigoles rouges rayant le pagne blanc, les seins qu'ils ne peuvent pas toucher meurtris et sanglants. Je sais que les femmes hurleront pour voir tirer le sang de jambes plus longues et fuselées que les leurs, d'une taille plus fine que la leur.

Je n'ai pas de rancœur contre eux à cause de la cruauté de ce désir de sang ; elle m'accorde un instant de répit nécessaire, pour fortifier mon calme devant cette mer de visages anonymes venus me voir mutiler et assassiner.

Puis je les oublie. Je n'entends qu'un bruit lointain, comme le clapotement du ressac sur une plage distante (*qu'est-ce que le ressac ? qu'est-ce qu'une plage ?*) tout en reprenant conscience du sable blanc répandu pour boire mon sang ; cet endroit est le seul que j'aie vraiment connu, et il sera peut-être l'endroit de ma mort.

Froidement, j'évalue le rouquin qui parcourt la foule d'un regard narquois, tenant négligemment son filet dans une main. Ses lèvres remuent. Est-ce qu'il prie ?

Non. Il marmonne ; il marmonne des mots qui me sont destinés, et qui me ramènent aux réalités de ce lieu.

— Ne bouge pas, ma fille, et je t'achèverai vite, sans bavure, par le cou au lieu des tripes. Tu ne veux pas de la mort lente par un jour pareil. J'ai assez de prestige pour qu'on l'accepte.

Je dis entre les dents :

— Ça te plairait, hein ? Va au diable ! Défends-toi, mon brave.

— A ton aise.

Son accent, barbare comme le mien, craché entre ses dents serrées, vient du nord lointain, m'a-t-on dit.

— Tu l'auras voulu, si je suis forcé de faire un numéro pour la foule, de faire durer le plaisir, de te faire souffrir. Ils aiment ça. Et alors, ne viens pas me demander d'aller vite, salope.

— N'aie pas peur, dis-je, retroussant les lèvres en un rictus méprisant.

Il essaye de m'impressionner, c'est tout, je le ressens jusqu'au tréfonds tandis que nous nous mettons à tourner autour du cercle imaginaire tracé dans le sable blanc. Je surveille ses mains qui se resserrent sur le filet, et il s'envole vers moi, immense nuage pâle, et je m'enfuis, l'œil fixé sur la grande toile d'araignée qui plane et commence à retomber. Si j'ai mal calculé, il retombera sur moi.

Non. Je suis hors de son périmètre, il ballonne un instant sur le sable avant de s'effondrer, inerte. L'homme court vers le filet, tandis que j'entends le ressac lointain se gonfler comme la houle. Déception ? Plaisir de voir que la nouvelle est en sursis, que le combat se prolongera, ne sera pas une boucherie rapide comme le précédent ? Rapide comme l'éclair, il va ramasser le filet et le relancer, mais c'est mon tour, l'occasion que j'ai de l'en empêcher. Je cours, contournant le filet, et, à l'instant où il se baisse pour le ramasser, tenant d'une main prudente le grand trident, j'abats mon épée sur le bras tendu vers le filet.

Il hurle, de souffrance ou de rage, je ne sais pas, et il lance le trident, mais mon second coup gauchit son lancer, et le trident ne m'atteint pas. Je recule et le regarde retomber ; un instant, j'ai envie de me ruer vers lui pour l'achever, mais on m'a mise en garde contre ce mouvement ; de près, je n'aurais aucune chance contre le filet.

Avant même que le trident ne soit retombé dans le sable, il a repris le filet, à deux mains cette fois, et il détale, araignée aux longues jambes, un bras dégoulinant de sang. Le filet est un nuage tourbillonnant haut au-dessus de sa tête. Il vole vers moi. Je m'éloigne en dansotant, mais un bord plombé me frappe à l'épaule — je n'imaginais pas que les plombs étaient si lourds — et me coupe comme un couteau. Un instant, étourdie, je remue gauchement mon épée, sachant que mon autre bras est pris dans le filet. Il est sur moi, en un éclair tourbillonnant. Le trident barbelé semble éteindre le ciel au-dessus de moi, descendre sur moi lentement, très lentement, tandis que le bruit du ressac clapote à mes oreilles.

Puis, l'épée fait de nouveau partie de ma main, et je dirige un coup vers le haut, gauchement, gauchement, l'autre bras toujours pris dans le filet. Le trident s'enfonce dans ma cuisse. Bizarrement, ça ne me fait pas mal. Je le vois s'enfoncer et j'entends la foule hurler, mais je refrappe vers le haut ce bras qui tient le trident, charcutant gauchement les muscles puissants. Le bras tenant le trident s'envole, muscles contractés de spasmes, les barbelures sortent de ma chair, laissant une grande morsure dans ma cuisse, toujours indolore, et il hurle, les mains crispées sur le filet. J'abats l'épée sur le bras qui tient le filet, me forçant à avancer, je pousse la lame dans la poitrine, où elle glisse sur un os et tourne. L'épée est si lourde maintenant, je suis si lourde, mais je la relève et taillade gauchement son cou de taureau. Il s'abat, la bouche arrondie en un terrible « O », celui du hurlement que je n'entends pas dans le gonflement du ressac. Je dois porter un coup de plus, le coup de grâce, et son corps se débat, puis s'immobilise, dans une dernière giclée de sang. Etourdie, je le regarde, encore inconsciente d'avoir survécu à mon premier combat, sans savoir que c'est fini, que je ne mourrai pas aujourd'hui.

Comme je l'ai vu faire aux autres, je lève les bras vers la foule en délire, la saluant dans une exaltation hébétée. Soudain, je suis affamée, et je ne pense plus qu'aux rôtis et aux gâteaux qui attendent les survivants au-delà des grilles. Je ressens une terrible brûlure à la cuisse, et m'aperçois qu'il en coule du sang. J'ai si mal que j'ai envie de pleurer comme une petite fille qui s'est écorché le genou. Mais, clignant farouchement des paupières, je refoule mes larmes.

Zad'yek, *Femme redoutable*, c'est maintenant ce que je suis, et une femme redoutable peut-elle pleurer comme une fillette qui s'est écorché le genou en tombant ?

Chapitre III

Ce soir-là, alors que je suis assise parmi eux, rongeant un dernier os, grignotant un dernier gâteau poisseux de noix et de miel, un messager me demande, criant mon nom. Cela s'est déjà produit, mais seulement deux ou trois fois, pour de grands favoris du public. Le messager s'immobilise, bouche bée, devant nous, assis sur des coussins, baignés, peignés, habillés et bouclés, et à un million d'années-lumière de l'odeur de mort et de sang régnant de l'autre côté de la Porte du Destin.

— Pour Zadieyek, la femme de guerre, dit-il, puis il bredouille le nom de quelque famille noble. Elle te prie de venir dîner chez elle et d'accepter ces indignes babioles pour orner ta personne si tu choisis de célébrer ta victoire à sa table.

J'ai envie de jeter les indignes babioles à ses pieds, mais je me rappelle que j'ai besoin d'autres vêtements que la tunique de combat donnée par la cité, de sandales, de crèmes pour ma peau durcie par la cuirasse.

— Dis à ta maîtresse que je la remercie et que je me souviendrai de son nom, mais que j'ai déjà dîné.

Au visage du messager, je comprends qu'il a déjà entendu cette excuse d'innombrables fois, mais il insiste pour me laisser les « indignes babioles ».

— Ainsi, tu as trouvé une protectrice, dit Hassim, m'informant que ma nouvelle mécène est une dame très riche qui désire se constituer un *tammarim*.

Elle offrira sans doute, suppose-t-il, de racheter mon contrat ; en attendant, l'étiquette veut que j'accepte ses cadeaux de vêtements, argent et friandises, et cette acceptation ne m'engage à rien, bien que, si je décide de rejoindre le *tammarim* d'un autre, la coutume veuille qu'on restitue les bijoux de valeur.

— Eh bien, voyons à combien elle t'estime, Zad'yek, propose Hassim.

Nous ouvrons le paquet et découvrons que les « indignes babioles » sont des coupons de soie magnifiquement teints pour faire des tuniques, chacun assorti de sa ceinture, tissée ou tressée ; une boîte en émail pleine de petits pots et flacons — cosmétiques convenant tous à mon teint et dont je ne sais pas à quoi servent la plupart ; et deux paires de sandales en cuir de couleur. J'ai l'impression d'être une enfant à un goûter d'anniversaire (qu'est-ce qu'un anniversaire ? ; je me le demande, avec une image d'enfants coiffés de chapeaux ridicules, admirant des feux d'artifice et ouvrant des paquets comme celui-là, image venue de quelque part au-delà du feu blanc, du désert et de la soif).

Deux fois encore ce soir-là, mon nom est appelé et un messager me livre des cadeaux, une fois un grand panier de fruits, une autre un coffret de bijoux. Maintenant, j'ai des sandales, des vêtements, des cosmétiques, des filets dorés pour les cheveux, des huiles et des parfums pour éloigner de mes narines la puanteur de la mort.

Le lendemain, Hassim me conseille sur la façon de gérer mes nouvelles richesses, me recommande d'engager un agent dans la cité.

— Donne-lui une bonne commission. Enrichis-le si tu vis, mais assure-toi qu'il n'ait rien si tu meurs, sinon il te fera droguer ou empoisonner.

Hassim a reçu une blessure, mais il la traite à la légère, affirmant qu'il a eu pire à l'entraînement, et il examine mes cadeaux un par un.

— Cela, dit-il, levant un petit croissant scintillant de jolies pierres, tu le portes ; assez petit pour ne pas te gêner, assez brillant pour faire bonne impression dans l'arène — c'est bon de faire savoir que tu as des admirateurs, que tu es populaire ; des fois, tu as besoin du soutien de la foule, ça décourage l'adversaire. Cela — une boîte de gâteaux et de friandises —, tu partages avec les gladiateurs ; ça ne fait pas de mal d'avoir la réputation d'être généreuse et populaire. Ceci... — il examine un paquet de coûteuses friandises —, tu le donnes aux esclaves. Tu manges, ventre bloqué, peau distendue ; mais tu donnes aux esclaves et aux putains, elles sont contentes ; c'est bien qu'elles t'aient à la bonne. Et ça... — il ouvre un écrin contenant un collier de perles digne de la compagne de l'Akharet — tu le vends.

Porter ces perles, me dit-il, m'engagerait vis-à-vis du noble qui les a envoyées. Mais les vendre, même si je conserve le produit de la vente, bizarrement ne m'engage à rien.

Je ne comprends pas ces gens.

Son propre protecteur a envoyé à Hassim une jarre de vin que nous vidons tandis qu'il me conseille ; je n'aime toujours pas le vin, je préfère manger les fruits de mon panier-cadeau. Hassim tend la main et prend une poignée de raisin, mûr, vert et juteux. Pendant un moment, je regarde la sueur qui perle sur son large front, et les muscles qui jouent sur sa poitrine, et que j'admire en guerrière, non en femme. Je voudrais pouvoir lui accorder ce qu'il désire et que mérite sa gentillesse. Mais il ne voudrait pas, je suppose, que je me donne en serrant les dents pour le tolérer.

Je décide de donner les friandises à la femme qui a traversé le désert avec moi et qui a préféré la prostitution au combat dans l'arène. Il faut que j'attende pour la voir ; elle est avec un homme. Quand il sort en roulant les épaules, elle me salue avec surprise, et je crois qu'elle n'est pas mécontente de me voir.

— Il paraît qu'une gladiatrice a triomphé dans l'arène. C'était donc toi ? Et tu as l'air indemne et en forme.

Elle accepte mes friandises avec gratitude.

— C'est gentil de penser à moi. Mais comment peux-tu combattre comme tu fais ? Je serais morte de terreur — parce que tu es assez belle pour trouver un riche protecteur qui s'occuperait de toi ; tu n'as pas à risquer ta vie comme ça...

— Alors, je ne vaudrais pas mieux que toi ; je ne pourrais pas me donner à n'importe qui de cette façon !

Maintenant, elle a l'air en colère.

— Au moins, c'est une façon de femme ; je n'ai pas renoncé à l'être. Je ne montre pas mes jambes dans l'arène et je ne laisse pas tous les hommes me regarder sans payer.

C'est juste, ce qu'elle dit, je le sais, pourtant je préfère risquer ma vie dans l'arène que tolérer sur moi les mains et les corps des hommes. Je regrette d'avoir provoqué sa colère, j'aimerais savoir ce qui lui permet d'accepter ces attouchements, cette brutalité, sans se battre jusqu'à la mort. Son prochain client l'attend, et, comme je m'éloigne, il me lorgne en se rengorgeant et dit :

— J'aimerais mieux t'avoir, beauté. J'ai une opale de la taille d'un œuf ; elle est à toi pour une heure dans mon lit.

— Merci de ta proposition, dis-je, sachant que mon vrai désir est de le tuer pour me regarder de cette façon ou penser cela de moi. Mais je n'ai aucune envie de bijoux.

Et il s'approche et me supplie, augmentant son offre au point que je ne peux me retenir de rire.

— Tu paierais un tel prix pour mon corps, même donné à contrecœur ?

— Donné avec ou sans plaisir ne fait aucune différence pour un homme, beauté.

Je trouve ça impossible à croire, me rappelant qu'Hassim a dit qu'il n'aurait pas de plaisir si je n'en avais pas aussi.

Pourtant, il ajoute :

— Je parie qu'avec moi tu aurais plus de plaisir que tu n'en as jamais eu.

J'ai envie de rire, sachant que ce n'est pas vrai.

Maintenant, son air suppliant fait place à l'hostilité, et je sais que s'il ne peut pas me posséder, il aimerait me voir tuer dans l'arène, ou torturer.

Je suis priée à dîner avec ma nouvelle protectrice, et il me tarde de sortir de la salle d'entraînement que je n'ai pas quittée depuis mon arrivée dans cette cité. Grâce à quelques piécettes prises sur mes nouvelles richesses, je paye la femme qui sert les putains pour laver et boucler mes cheveux et je me mets en route, escortée par deux gardes de la Maison du Destin, afin de traverser la cité dont je n'ai encore rien vu ; ostensiblement, pour qu'il ne m'arrive rien, mais en réalité pour que je ne m'enfuie pas. Amuseurs choyés que nous sommes, nous n'en sommes pas moins esclaves que les hommes entravés qui balayent les ordures de la ville. Pourtant, à mesure que j'avance dans les rues, je vois la cité mal organisée pour la défense, des portes que pourraient enfoncer quelques hommes pauvrement armés. Je repère des voies d'évasion, je remarque une caravane qui sort avec des gardes — quand je serai prête à m'évader, et je sais que le moment n'est pas encore venu, ce sera le meilleur moyen : m'engager pour garder une caravane s'apprêtant à traverser le désert que je me rappelle uniquement par la torture de la soif. Pourquoi mon esprit enregistre-t-il machinalement ces détails ? Je suis une gladiatrice, je n'ai nul besoin ni désir de m'évader.

Ma protectrice, dame aux chairs molles qui a néanmoins l'air d'avoir combattu autrefois, m'accueille avec de grandes démonstrations, m'assied près d'elle à table, me donne les meilleurs morceaux pris dans son assiette, et me pose des milliers de questions sur le monde des gladiateurs, auxquelles je ne sais pas répondre.

— As-tu un amant ici, ma chère ? Autrefois, j'ai entendu parler d'une femme qui s'était vendue pour l'arène afin de payer les dettes de son amant, dit-elle, les yeux humides de curiosité, les mains effleurant mon corps avec davantage qu'une sollicitude attentionnée.

Après ce que j'ai enduré dans le désert, du désir dans des yeux de femme ne m'effraye pas, je ne repousse pas ses mains qui s'enhardissent de n'être pas rejetées. Ces attouchements ne me paraissent ni désagréables ni menaçants, et je sens en moi comme une impression de puissance, la conscience de son désir, mais que veut-elle de moi, au juste ? Je ne suis pas dégoûtée, je ne comprends pas, tout simplement, mais je la rassure en affirmant que je n'ai pas d'amant à la Maison du Destin. Hassim est gentil et fort — comme le lien qui nous unit de plus en plus — mais il n'est pas mon amant.

Les jours passent tranquillement, sans événement marquant ; personne ne les compte, mais au rythme de l'entraînement, je sais que nous approchons d'une autre grande fête. Un matin que je m'occupe de ma nouvelle cuirasse due à la générosité de ma protectrice, j'entends un rugissement indigné et je vais voir ce qui se passe.

— Bas les pattes, cochon de Jemmok ! N'y a-t-il pas de putains dans cette cité que tu poses la main sur une honnête travailleuse ?

Elle est grande et solide, avec des cheveux roux nattés

en deux tresses, chacune aussi épaisse que mon poignet, de larges pectoraux, ses seins n'ont jamais dû être gros mais disparaissent presque sous le gonflement des muscles qui les entourent. La taille est étonnamment fine pour sa grandeur et sa carrure. Elle avance sur de longues jambes fuselées, souple comme un félin. Le costaud que nous appelons « le Taureau » émerge en crachant comme un poisson du bassin où elle l'a jeté.

Ses yeux se posent sur moi.

— Je ne savais pas qu'il y avait ici une autre femme de guerre, dit-elle. Ma sœur, es-tu de Gyre ?

— On le dit ; moi, je ne sais pas. Ma mémoire est partie.

— Tu dois être de Gyre ; c'est la seule cité où les femmes embrassent la carrière de guerrières, dit la rousse.

Je me le demande, avec la nostalgie de ce pays lointain où personne ne me regardera ni ne s'étonnera de voir une femme sous les armes.

Le Maître des Gladiateurs m'appelle.

— Zadieyek, prends-la en main, montre-lui les lieux. Compliments, ma fille ; c'est toi qui m'as montré qu'une femme, bien employée, pouvait mieux faire recette qu'un homme.

Je m'avance, admirant sa cuirasse de cuir parsemée de clous de cuivre, les canons d'avant-bras qui lui montent jusqu'aux coudes, les jambières cerclées de fer de ses mollets puissants, qui semblent mieux faits pour la danse que pour la lutte. Une vieille chemise de soie jaune protège de la cuirasse et autres protections son corps néanmoins marqué de cicatrices produites par les frottements, de plaques décolorées par le cuir, plaies soignées et guéries, soignées et guéries.

— Zadieyek, dit-elle, ce n'est pas un nom. Quel était ton nom à Gyre, fille ?

— Je ne me rappelle aucun autre nom, dis-je, penaude, et l'autre éclate de rire.

— Tu as les cheveux et les yeux d'une femme de la frontière de Satyang, mais il y a eu une guerre là-bas, avec beaucoup de femmes emmenées comme butin, et si tu es de Satyang, comment pourrais-tu avoir tout oublié sauf l'épée ? Je n'ai jamais entendu dire qu'aucune femme de Satyang était entraînée au combat.

Elle se remet à rire à gorge déployée.

— Veux-tu te battre avec moi pour porter ce nom de Zadieyek, auquel j'ai autant de droit que toi ?

Je n'ai pas envie de me battre avec elle ; j'aimerais mieux être son amie, mais puis-je oser une amitié ici, dans la Maison du Destin ?

— Oui, je te combattrai, dis-je. Mais tu as un autre nom qui est à toi de droit ; moi, je n'ai rien à moi, sauf le nom de Zadieyek, que j'ai acquis régulièrement en combat, et que je défendrai si je le dois.

Elle me serre dans ses bras.

— Garde ton nom, fille, ta valeur le mérite. Je suis Beizun. Dis-moi où je peux poser mes affaires et où une fille peut pisser sans se faire reluquer par tous ces clients de putes ?

Je n'ai jamais entendu un tel langage dans la bouche d'une femme ; à côté, nos putains ont de la distinction et un langage châtié. Pourtant, cela va bien à sa personnalité flamboyante.

— Viens, dis-je, et je te montrerai où tu peux laisser tes armes en toute sécurité.

C'est ainsi que mon amie Beizun arrive à la Maison du Destin.

Une femme riche, aux yeux cernés de khôl, vient nous regarder à l'entraînement, et elle suit Hassim du regard. J'écoute sa voix roucoulante, et une jalousie morbide me serre la gorge. C'est de la folie ; je n'ai pas envie de son corps musclé, et elle, à l'évidence, ne désire rien d'autre. Il vient, quand nous faisons une pause pour avaler une viande commune et des légumes encore plus communs, il se rase avec soin, et les hommes, remarquant qu'il ne touche pas au pain ni à la bière, lui lancent des lazzis.

— Alors, Hassim, notre bouffe n'est pas assez bonne pour toi ? Tu aimes mieux les rôtis et les friandises que tu auras chez Dame Cul-de-Soie ?

Il revient tard dans la soirée, traversant fièrement la salle, et, à la lumière de la torche que lève le garde, je vois qu'il rutile d'or — un torque, et des bracelets plus larges que mes ornements dorés. Quand il s'allonge près de moi à sa place accoutumée, je sens les odeurs capiteuses des fards et, à travers les riches parfums des essences, je respire les lourds effluves du vin qui suintent de tous ses pores. Le jour venu, il ne se réveille pas, alors je finis par verser un seau d'eau sur lui, et il s'assied en suffoquant, haletant comme un poisson sur la berge. Je ris sans pitié de ses grognements, tandis qu'il remue, osant à peine bouger la tête comme si elle allait tomber.

— Attention, Hassim, plaisante un entraîneur. Si tu déverses toute ta force dans le Pilier de Feu, il ne t'en restera plus pour l'arène, et la Vieille Sanglante (c'est la mort, je me le rappelle, dans le langage cru de l'arène) te surprendras avec ton bouclier baissé !

— J'ai le temps, d'ici là, dit Hassim, essayant de saisir mon regard, mais je me détourne.

— Rase-toi ; tu ne voudrais pas piquer sa peau soyeuse avec ta barbe.

Le soir, il veut me donner une chaîne d'or que je jette au loin, et il me regarde, étonné.

— On dirait que tu es jalouse. Qu'est-ce qu'elle est, à part un moyen de manger du cochon de lait à la place de notre viande de vieux cheval, et de boire du bon vin à la place de la piquette d'ici ? Un chemin vers la liberté — la tienne comme la mienne, ma Zad'ini, dit-il, essayant de me serrer dans ses bras.

Je ne suis pas jalouse, mais envieuse de ce qu'elle peut avoir de lui. La plus vile des putains cst plus libre que moi, qui crains son tendre contact plus que l'épée de n'importe quel gladiateur.

Sécheresse dans la cité ; même à la salle d'entraînement, et pour nous, les chouchous choyés de la ville, l'eau est strictement rationnée. L'eau du bassin n'est changée que tous les dix jours, au lieu de tous les trois ; l'eau pour se laver devient rare. Beizun se plaint parce qu'elle ne peut pas laver tous les jours ses cheveux splendides avec le savon parfumé que lui envoie un admirateur ; moi, qui ai vraiment connu la soif, je ne me plains pas, parce qu'au moins on peut encore boire tout son soûl.

On fait des prières pour la pluie dans tous les endroits publics. Je ne prie pas ; je ne sais rien de leurs dieux, et pour moi la prière ne serait qu'un conformisme vide de sens.

Puis l'Akharet décrète que tous les gladiateurs doivent assister à un sacrifice ; Hassim me communique la nouvelle et me dit de revêtir mes plus beaux vêtements, les soies aux riches couleurs que m'envoie ma protectrice, et tous les bijoux que je n'ai pas vendus. Ainsi parée, je vois mon reflet dans le bassin, et je pense que j'ai l'air d'une barbare — mais je suis toujours belle.

Pendant que la procession se forme, Beizun se place près de moi, observant les hommes qui s'alignent dans leurs plus beaux atours ; Hassim est magnifique en brocart bleu ciel, des pierreries scintillant dans son turban. Beizun a ôté sa cuirasse de combat et est en jupe et boléro de chevreau d'un blanc pur, profondément décolleté sur sa poitrine. A voir la blancheur de ses seins et le hâle de ses longues jambes, nues jusqu'en haut des cuisses, j'ai du mal à imaginer qu'elle puisse s'exhiber ainsi en dehors de l'arène. Elle me rit au nez et presse mes doigts sur son cœur, que je sens battre sous ma main, et je pense à l'arène et aux jeux qui auront lieu dans dix jours, pluie ou pas. Et je pense à l'adolescent aux longues jambes, mort lors de ses dix premières minutes dans l'arène, au peu qu'il s'en est fallu que je ne le suive dans une mort obscure et au peu qu'il faudrait pour arrêter ce cœur qui bat sous ma main, et alors, je suis accablée d'amour et de terreur. Et ce pourrait être ma main qui frappe.

La pensée m'emplit d'épouvante ; elle entend mon souffle s'arrêter, et elle porte ma main à ses lèvres, caressant doucement mes doigts. Devant nous marchent les taureaux pour le sacrifice, luisants et enguirlandés, pleins de vie, s'ébrouant et piaffant. Les prêtres au crâne rasé décoré de cercles rouges, uniquement vêtus d'un pagne et hâlés jusqu'à la taille, font étinceler leurs couteaux. L'un d'eux, musclé comme un gladiateur, sort du rang et jette un lasso doré comme au hasard ; il retombe sur une corne enrubannée, et, aussitôt, deux acolytes saisissent les cornes et entraînent l'animal. Le taureau croit qu'il s'agit d'un nouveau jeu, et remue la tête sans chercher sérieusement à s'échapper. Je regarde la scène comme un combat de gladiateurs, les prêtres au torse nu bataillant avec l'animal, leurs muscles se gonflant pour le traîner après eux de force. Le sacrificateur lève son couteau tandis que les deux autres tirent les cornes en arrière pour exposer la gorge, que la lame tranche d'un seul mouvement fluide. Un long gémissement s'élève de la foule, curieux mélange de crainte révérencielle et de satisfaction. Même moi, je ressens un curieux tiraillement dans mes entrailles à la vue du couteau qui scintille au soleil, du sang qui gicle sur les guirlandes et les rubans, et des flancs blancs de l'animal éclaboussés du même écarlate que ma robe. J'entends Beizun pousser un petit cri d'excitation, et sa main, qui tient toujours la mienne, se resserre presque douloureusement.

Maintenant, le prêtre est agenouillé près du taureau tombé, son pagne blanc taché de sang, lui fouaillant la poitrine ; il en arrache quelque chose de rouge, qu'il lève dans sa main, dégoulinant de sang : le cœur de la bête. Je me détourne et vomis tout ce que j'ai mangé.

Plus tard, j'apprends que c'est un présage de mauvais augure, et que le sacrificateur a fait rechercher qui avait gâché les auspices. Hassim leur dit, « une nouvelle chez nous et dans la cité, une barbare de Gyre, et qui de plus n'a pas toute sa tête », de sorte que je ne suis pas punie pour avoir ruiné la cérémonie.

Peu m'importe qu'on me croie idiote. Le spectacle m'a donné la nausée, la mort d'un animal pour une momerie religieuse. Le pire c'est que, plus tard le même jour, le ciel se couvre de nuages et que le tonnerre assombrit l'arène quand nous nous asseyons pour dîner (il y a du rôti ; la viande de l'animal sacrificiel est toujours envoyée à la table de l'Akharet, et, à son tour, me dit-on, il envoie toujours un morceau de choix de la table royale pour la table des gladiateurs). Je me joins aux toasts portés à sa générosité, mais je n'ai pas envie de cette viande dégoulinante de jus rouge comme le sang. Quand Hassim en porte un morceau à sa bouche, le tonnerre gronde comme un tremblement de terre, les éclairs fulgurent devant nos yeux, et, soudain, des grêlons rebondissent sur les auvents, crépitent et tombent ; l'un me frappe à la tête, et je crie, plus de surprise que de douleur, je me lève d'un bond et cours m'abriter sous la galerie, laissant mon dîner de pain et de fruits sur la table.

Un par un, tous suivent mon exemple, tandis que les grêlons continuent à pleuvoir et à rebondir, la cour bientôt entièrement recouverte de boules de glace. La plupart sont comme le bout de mon pouce, mais certains sont gros comme un poing de bébé.

L'un m'atteint au front qui se met à saigner, et je m'abats, à demi inconsciente.

Immédiatement, Beizun est près de moi et me soulève, tandis qu'Hassim essaye de la repousser. Ils ont une brève querelle, pour savoir lequel m'emportera à l'abri. Quand Hassim m'allonge sur mon lit habituel, je le rassure quant à la bénignité de ma blessure, alors il me laisse aux soins de Beizun, qui éponge le sang de mon front. Elle le regarde s'éloigner en grimaçant.

— Ce qu'il est possessif, ton amant !

— Ce n'est pas mon amant, mais mon ami, dis-je, et elle grimace encore, cette fois avec scepticisme.

— Non ? Qui, alors ?

— Je n'ai pas d'amant, dis-je, mais je vois bien qu'elle ne me croit pas.

Je n'essaye pas de discuter avec elle ; qu'elle croie ce qu'elle veut.

— S'il n'est pas à toi, ça ne te dérange pas que je l'essaye ? A moins qu'il n'y en ait un de plus fort aux sports en chambre ?

— Comment veux-tu que je le sache ?

— Tu veux dire que tu ne les as pas encore tous essayés ? demande-t-elle. Moi, je les aurais tous eus, les uns après les autres ! A moins qu'ils ne soient tous eunuques dans cette cité ?

— Je me moque de ce qu'ils sont, dis-je. Tout homme qui me touche — je le tue ! Je ne suis pas une putain !

Je vois qu'elle ne me croit toujours pas, alors je me détourne et me laisse sombrer dans le sommeil. Pendant la nuit, je me réveille, entourée d'hommes silencieux qui dorment autour de moi, et, au clair de lune entrant par les persiennes, je distingue Hassim allongé sur sa paillasse, et une autre forme floue aux longues tresses reposant sur son corps ; me relevant sur les genoux, je vois Beizun blottie contre lui, la tête sur son épaule. Je ne sais pas quelle est l'émotion qui monte en moi, mais elle me submerge, je ne comprends pas pourquoi cette vue me force à refouler des pleurs douloureux ; pourtant je ne lui reproche pas le plaisir des étreintes d'Hassim, je me dis que je suis heureuse du plaisir partagé par ces deux êtres que j'aime.

Pourtant, des heures passent avant que je me rendorme.

Le matin, près du bassin, je m'efforce de natter mes longs cheveux, enviant les doigts ailés de Beizun sur ses longues tresses. Ce n'est pas la première fois que je me pose la question ; pourquoi mes mains ne se rappellent-elles pas la plus simple des tâches féminines comme mon corps se rappelle le maniement de l'épée et du bouclier ? Beizun, consciente de mon regard, interrompt sa tâche.

— Tu veux que je t'aide, Zadi ?

Je la laisse continuer le tressage, repensant à la femme qui m'a coiffée si doucement le premier jour après la traversée du désert, avant d'être emmenée au marché aux esclaves ; mon premier souvenir de gentillesse ; les larmes me montent aux yeux tandis qu'elle sépare mes cheveux pour les natter, et je lève la main pour les essuyer. Beizun s'interrompt.

— Je te fais mal ?

— Oh non, non..., dis-je d'une voix brisée et elle écoute, profondément choquée.

Mais je ne veux pas qu'elle me prenne en pitié. Elle dit enfin :

— Alors, c'est comme ça que tu es arrivée ici et que tu as perdu la mémoire ?

— Je regrette de n'avoir pas perdu moins — ou plus, dis-je. Ce que je me rappelle, c'est ce que j'aimerais mieux oublier. A moins que je ne sois morte dans le feu blanc, et que ce lieu ne soit l'Enfer.

Beizun sourit, ironique.

— A parler franchement, petite, je me suis posé la question. Mais je suis sûre d'être vivante, et ce n'est donc pas l'Enfer.

— Maintenant, tu sais comment je suis arrivée ici, dis-je. Mais moi, je ne sais toujours pas comment tu es arrivée à la Maison du Destin. As-tu été enlevée et vendue comme esclave ?

Elle s'esclaffe de façon très peu aristocratique.

— Enlevée ? Absolument pas. Je me suis vendue à l'arène, ma chère !

— Tu t'es vendue ? Mais pourquoi ? dis-je, désemparée.

— J'ai une faiblesse, et c'est le jeu, me répond-elle. Je devais plus que je ne pouvais payer. L'arène était une solution préférable aux autres ; mes créditeurs voulaient me vendre à un bordel des mines de cuivre. C'est pourquoi je te comprends. Mieux vaut combattre pour subsister que gagner son pain sur le dos.

— C'est sûr, dis-je du fond du cœur, mais je bats des paupières, la revoyant blottie dans les bras d'Hassim.

Je me demande si elle lit dans mon esprit quand elle ajoute :

— Est-ce que tu m'en veux parce que j'ai couché avec ton amant ?

Je ne pourrai jamais lui en vouloir, je le lui dis et j'ajoute :

— Je t'ai dit qu'il n'était pas mon amant.

Beizun m'effleure la joue et dit :

— Il m'a dit qu'il t'aime beaucoup, mais que tu ne l'aimes pas du tout. S'il pouvait t'avoir, il ne m'aurait jamais touchée.

A ces paroles, je ne peux m'empêcher de me remettre à pleurer ; elle me prend dans ses bras, et je lui raconte — lentement, articulant avec effort un mot après l'autre — mes peurs et mes échecs. Sa stupéfaction sincère me perturbe plus que tout.

— Je n'arrive même pas à imaginer — je ne le désire même pas...

Elle s'interrompt, branlant du chef.

— Je deviendrais folle à coucher seule !

— Alors, peut-être que je suis folle.

C'est une possibilité à laquelle j'ai déjà pensé.

On me l'assigne comme partenaire à l'entraînement ; le Maître des Jeux veut que je m'habitue à lutter contre plus grand que moi. Jour après jour, nous travaillons patiemment, tournant l'une autour de l'autre ; nous sommes bien assorties, ma vitesse et mon agilité supérieures compensant sa force et la longueur de ses bras. En général, elle m'use par sa plus grande résistance, alors qu'au début du jour, j'ai l'avantage parce que je suis plus rapide. Même à la salle d'entraînement, nos frères gladiateurs s'arrêtent pour nous regarder, et crier des encouragements à l'une ou l'autre.

— Ne fais pas un si bon numéro avec la rousse, me dit Hassim, quand nous nous préparons à notre entraînement quotidien.

Cette remarque me contrarie ; la joie que j'éprouve à combattre avec Beizun est plaisir à l'état pur. Quand je lève mon épée contre elle, je suis transportée d'ivresse.

— Bon, dit-il, fais à ta tête, et tu seras opposée à elle dans l'arène. Tu auras du plaisir quand la foule te hurlera de la tuer ?

Mon sang se glace ; je n'avais jamais pensé à ça. Pourtant, je le sais, la foule baverait à l'idée que ces deux femmes, dont la possession lui échappe, puissent s'entre-tuer sous ses yeux, et, bien que nous nous soyons blessées une douzaine de fois à l'entraînement, la pensée que nous pourrions nous livrer un combat à la vie à la mort me donne la nausée. J'ai envie de la serrer dans mes bras, et, quand elle glisse et que je la blesse légèrement, au lieu de sauter de joie, j'éclate en sanglots et elle me regarde sans comprendre.

— Qu'est-ce que tu as ce matin, amie ?

Je gémis :

— Je ne veux pas te tuer !

— Tu ne me tueras jamais comme ça, dit-elle, faisant une feinte, et je trébuche et m'abats, sans défense.

Bizarre que je n'aie jamais pensé qu'elle pourrait désirer me tuer dans l'arène sous les acclamations de la foule. J'ai présumé qu'elle ressentait la même chose que moi. Je continue à sangloter, trop bouleversée pour me relever, alors elle m'attrape et me remet debout avec une tendresse bourrue.

— Je t'ai vraiment fait mal, Zadi ? Assez pour ce matin. J'en ai assez de ces salauds qui nous lorgnent et bavent de plaisir à l'idée qu'on pourrait s'étriper !

— Hassim dit que si nous faisons un trop bon numéro, la foule aura envie que l'une de nous tue l'autre.

Avant que j'aie réalisé ce que j'ai dit, elle rejette la tête en arrière et rit à gorge déployée.

— Hassim est jaloux. Par tous les dieux violeurs de Rhadamuth ! Les chiens hurleurs de ces foules pourraient bien avoir cette exigence !

Sa voix s'adoucit soudain.

— Jamais, Zadieyek, je te le jure.

Puis ses yeux pétillent de malice.

— Il faut en finir avec ça ! Il n'y a pas de temps à perdre. Si nous ne pouvons pas racheter notre liberté — pas le temps pour ça, nous ne réunirions pas l'argent en un an — il faudra nous évader !

Elle se penche vers moi et me murmure son plan à l'oreille.

Chapitre IV

Je découvre que ceux qui ont combattu dans l'arène ont la liberté de circuler dans la ville ; je demande la permission, facilement accordée, de visiter ma protectrice.

Elle m'accueille d'une étreinte et d'un baiser ; je comprends mieux maintenant le sens de ces civilités. Elle m'offre une collation, boissons fraîches et fruits glacés. Je n'ai pas encore appris à apprécier le goût violent du vin, mais je grignote des fruits avec un réel plaisir.

— Combattras-tu bientôt ? me demande-t-elle, et je lui rappelle que nous ne sommes qu'à dix jours des jeux spéciaux.

— A partir de demain, je m'entraînerai sérieusement, dis-je, sans fourberie aucune, et je ne te reverrai qu'après les jeux.

— Tu me manqueras, dit-elle spontanément, et je réalise qu'elle me donne ainsi l'ouverture que Beizun m'a recommandé de guetter.

— Maîtresse...

Elle m'interrompt.

— Ne veux-tu pas m'appeler Ifania ?

— Ifania, si tu veux. On m'a dit que tu cherchais à constituer un *tammarim* de gladiateurs...

Puis j'hésite, mais elle comprend immédiatement.

— Alors, nous pourrions être ensemble autant que nous le souhaiterions, dit-elle aussitôt. Cela te plairait-il, ma beauté ?

Beizun m'a appris aussi comment répondre à cela.

— Si nous étions toujours ensemble, Ifania, tu te fatiguerais de moi. Il vaut mieux rester comme nous sommes.

Je prends une pêche et mords dans sa chair juteuse et glacée, détournant les yeux.

— Jamais, dit-elle. Mais n'as-tu pas un ami ou un amant, à la Maison du Destin, parmi les gladiateurs de l'Akharet ?

— Je n'ai pas d'amant, dis-je avec conviction.

— Et pourtant, la plupart des hommes y sont d'une beauté parfaite...

— Je jure qu'aucun homme ne m'a touchée ni ne me touchera tant que je serai valide et capable de me défendre.

— Est-ce vrai ? demande-t-elle, et, de nouveau, je la rassure.

— Est-il possible pour une femme qui vit au milieu des hommes de rester chaste ?

— Pour une femme ordinaire, peut-être pas ; mais je suis une guerrière, et ils savent que je peux me défendre.

— Je te crois. Et que dirais-tu si je t'annonçais que je t'ai choisie pour être la première de mon *tammarim* de combattants ? L'Akharet est de mes parents ; je suis sûre qu'il accepterait qu'on te vende. Dois-je solliciter sa permission de t'acheter à la Maison du Destin ?

Je baisse les yeux et murmure qu'elle doit faire selon son bon plaisir.

— Mais cela te rendrait-il heureuse de résider dans ma maison, Zadieyek ? me demande-t-elle, maintenant très sérieuse, ses yeux cherchant les miens.

Je la laisse saisir mon regard un instant, puis détourne timidement la tête en murmurant :

— Cela me rendrait très heureuse.

Alors elle se lève et claque dans ses mains pour appeler une esclave.

— Envoie-moi ma scribe, dit-elle, et quand la scribe, vieille femme ridée, entre, elle dit : Nounou, je te présente Zadieyek, gladiatrice de la Maison du Destin. Elle va venir habiter chez nous.

La vieille a un reniflement dédaigneux.

— Tu as beaucoup de servantes dévouées, maîtresse ; quel besoin as-tu d'un gladiateur, et d'une femme gladiateur, en plus ? Si tu désires un guerrier, trouve-toi un garde du corps convenable, un homme...

— Pas d'insolence, Nounou ; tu voulais que je me marie que mes seins commençaient à peine à pousser, dit Ifania.

La vieille nourrice bougonne :

— Et alors ? S'il me tarde de te voir avec des enfants dans les bras, est-ce un crime ? Chère Dame Ifania, je t'ai vue t'enticher de bien des choses, la dernière étant cette obsession des gladiatrices...

Ifania l'arrête d'un geste impérieux.

— Assez ; va chercher tes tablettes et tes plumes, et écris pour moi !

La vieille nourrice va chercher de quoi écrire en grommelant, et, sous la dictée d'Ifania, écrit à l'Akharet, demandant à son parent la permission d'acheter « la gladiatrice, uniquement connue sous le nom de Zadieyek ». Puis elle se tourne vers moi.

— Est-ce vrai que tu n'as pas d'autre nom ? Ou est-ce simplement que tu ne veux pas que ton véritable nom soit connu dans l'arène ? Si tu me le révèles, je jure de ne jamais trahir ta confiance.

— Je suppose qu'autrefois j'ai dû avoir un autre nom, dis-je, mais quel qu'il ait été, je n'en ai pas plus gardé le souvenir que de ce que j'étais avant ma naissance et de ce que je serai après ma mort.

— Quel est ton souvenir le plus ancien ?

— Le feu, dis-je. Un feu blanc qui cache tout ce qui a pu être avant lui.

— J'ai entendu parler de telles pertes de mémoire. Mon médecin dit que cela se produit souvent à la suite d'un coup sur la tête. Te souviens-tu d'en avoir reçu un ?

Malgré mes efforts, je ne me rappelle que le feu blanc qui a détruit mon univers, et les terreurs et les épreuves qui ont suivi. Ifania, devant mon air désemparé, me touche gentiment la main.

— Allons, allons, je n'insiste pas ; mais si te tu rappelles un jour ton nom, dis-le-moi. Pour le moment, on te donnera le nom que tu veux ; Zadieyek ou un autre, comme tu voudras, ma chère.

Je lui demande :

— Vas-tu constituer un *tammarim ?*

— Pourquoi pas ? dit-elle. Je n'ai pas envie d'avoir autour de moi des brutes combattantes, mais il me plairait de faire ce qu'aucune femme noble n'a fait avant moi, et de constituer un *tammarim* uniquement composé de femmes de guerre. Y a-t-il d'autres gladiatrices à la Maison du Destin ?

C'est ce que j'espérais, et je lui parle de Beizun.

— C'est une femme de Rhadamuth qui s'est vendue à l'arène pour payer ses dettes de jeu, dis-je.

— Mais est-elle belle ? Et est-elle vraiment féminine ? Certaines guerrières ont des muscles énormes et sont plus laides que des soudards. Si j'ai un *tammarim* de femmes, je veux non seulement qu'elles soient habiles aux armes, mais qu'elles soient si belles que tous les nobles de la cité m'envient !

— Elle est très belle, dis-je avec sincérité. Vois-la toi-même, Ifania. Et on nous a dit que nous sommes bien assorties pour combattre.

— Quelle est son arme ?

— Comme moi, elle se bat avec l'épée et le bouclier.

Elle fait revenir la nourrice-scribe pour modifier sa lettre, disant qu'elle désire acheter les deux esclaves femelles qui n'ont pas été choisies pour le *tammarim* de l'Akharet. Puis elle la fait porter à son destinataire par une servante de confiance, qui est autorisée à circuler dans la cité — une vieille qui a passé l'âge où les rues seraient dangereuses pour elle.

— Il n'y a plus qu'à attendre, dit Ifania, qui s'assied sur un sofa, tapotant le coussin près d'elle comme pour inviter un chaton à se blottir à son côté.

Je l'y rejoins ; elle pose ma tête sur ses genoux, et caresse mes cheveux comme si j'étais vraiment un chaton choyé. Les yeux de la nourrice lancent des éclairs, et je sais que je me suis fait une ennemie, ici où j'aspire à vivre en sécurité.

Quand la messagère revient, Ifania se lève vivement pour prendre la réponse.

— Maintenant, nous allons savoir, dit-elle, et elle lit.

L'Akharet l'autorise à m'acheter, mais ajoute que la gladiatrice Beizun n'a pas encore fait ses preuves aux jeux et que sa valeur est inconnue ; il ne peut pas fixer son prix.

Ifania hausse les épaules.

— Qu'il en soit ainsi, dit Ifania. De toute façon, c'est Zadieyek que je voulais ; peut-être voudra-t-il bien me vendre Beizun quand elle aura fait ses preuves.

Elle fait un paquet d'or et de bijoux, le prix fixé pour moi, et l'envoie à l'Akharet.

Qu'ai-je fait ? Je me suis exilée du seul foyer que j'aie connu, la Maison du Destin, et coupée des deux seules personnes au monde que j'aime — Hassim et Beizun.

Je demande et reçois la permission de ma nouvelle maîtresse de retourner à la Maison du Destin chercher mes quelques affaires. Elle propose d'envoyer une servante pour m'éviter cette peine, mais je veux dire au revoir à Hassim et à Beizun, leur raconter ce qui s'est passé.

— Je te remercie, Ifania, mais je préfère y aller moi-même.

Et soudain, je sais ce qu'il faut dire et j'ajoute :

— Je ne veux pas me faire des ennemies de tes servantes en leur faisant faire mes commissions.

— Si l'une d'elles te manifeste de l'hostilité, Zadieyek, dis-le-moi et elle le regrettera.

Je sais déjà qu'elle le pense, mais je sais aussi que la meilleure façon d'inspirer l'animosité serait de me comporter ainsi. Je renoue mes sandales, et, par les rues de la cité de l'Akharet, je retourne à la Maison du Destin, ce lieu qui entre tous est pour moi ce qui se rapproche le plus d'un foyer. Et, tout en marchant, je regarde les étrangers qui affluent dans la ville. Sans doute que, parmi toutes ces nationalités, il y a quelque part des hommes et des femmes originaires de ma vraie patrie, sans doute que dans cette Babel de langages il y a quelque part les sons de ma langue mère. Mais la reconnaîtrais-je si je l'entendais, ou l'entendrais-je en étrangère, sans la reconnaître ? Je frissonne à cette pensée et je presse le pas.

— Zadieyek ! me salue le portier. Je ne savais pas que tu étais sortie ! Hassim te cherchait, et il l'ignorait aussi. Je lui ai dit que je ne t'avais pas vue quitter la Maison.

Alors je pars à la recherche d'Hassim avant de commencer à rassembler mes affaires : quelques tuniques, et mes armes, qui sont mon bien le plus précieux. Je le trouve au jardin de la fontaine, où les gladiateurs sont autorisés à se promener pendant leurs heures de loisir.

— Zadi... je t'ai cherchée partout, dit-il, presque avec reproche. Je craignais pour ta sécurité.

J'accepte son étreinte affectueuse comme celle d'un frère — mais je ne sais rien non plus de l'affection fraternelle. Maintenant, il faut tout lui dire.

— L'Akharet a accepté de me vendre à Ifania, ma protectrice.

— Et tu as accepté ; tu vas donc me quitter, ma Zad'yek ?

Aucun moyen d'adoucir le coup. Je dis seulement, avec une feinte froideur :

— Oui, j'ai accepté la vente.

Puis j'ajoute, sur la défensive :

— Je ne suis la propriété d'aucun homme.

— Faux. Nous appartenons tous à l'Akharet, me rappelle-t-il.

Puis il rectifie.

— Mais maintenant, tu es libérée de cela, et tu appartiens à une dame riche. Je te souhaite d'être heureuse, ma Zadi.

— Nous nous reverrons dans l'arène, dis-je.

Et il répond en frissonnant :

— Les dieux nous en préservent, Zadi ; rien ne m'affligerait plus qu'être forcé de te tuer ou de perdre ma propre vie.

— J'espère sincèrement que tu n'auras jamais à faire ce choix, telle est la seule chose que je trouve à dire, puis je lui jette mes bras autour du cou en ajoutant : ne sois pas en colère contre moi, Hassim.

Il m'embrasse avec une grande tendresse.

— Sois heureuse, petite. Un jour, peut-être, nous serons réunis. Pas ici ; quelque part loin de cette cité.

— Puisse-t-il en être ainsi, dis-je en guise d'adieu.

Et je pars à la recherche de Beizun pour lui dire que la première partie de notre plan a réussi.

— Ifania m'a achetée à l'Akharet, et a essayé de t'acheter aussi, mais l'Akharet a dit que ta valeur n'était pas encore connue. Elle le sera peut-être dans dix jours, après les jeux.

Beizun désire savoir tout ce qui s'est passé entre nous. Je suis trop timide pour parler des caresses d'Ifania, mais Beizun les devine de toute façon.

— Bientôt, tu pourras lui demander tout ce qui te plaira,

tant qu'elle sera entichée de toi, dit-elle, matoise. Et quand nous serons toutes les deux libérées de la Maison de l'Akharet, nous trouverons un plan pour nous libérer de l'arène.

Dans la maison d'Ifania, il est difficile de m'entraîner seule, et pourtant, je n'ose pas négliger l'entraînement, car le prix de cette négligence serait une mort certaine, derrière la Porte du Destin, la main de la Vieille Sanglante solennellement posée sur mon épaule.

Ifania vient me regarder, me demande si je désire quelque chose.

— Un maître d'armes, dis-je. Je ne veux pas être tuée la prochaine fois que j'entrerai dans l'arène.

— Oui, ma chère, mais je te trouverai une femme ; je ne veux pas d'hommes autour de toi.

Elle engage donc pour moi une petite femme noueuse d'environ cinquante ans, avec des muscles de forgeron, qui m'a vue dans l'arène et a beaucoup à dire sur mon style à l'épée.

— Ce bouclier est trop léger pour toi ; il faut t'entraîner avec un plus lourd, dit-elle. Chez toi, le bras du bouclier et le bras de l'épée sont inégalement développés pour le moment.

Elle montre une ligne de muscles sur le bras qui tient le bouclier, et me donne des poids pour le fortifier. Elle m'entraîne aussi à faire des culbutes et sauts périlleux, malgré les protestations d'Ifania — cela l'amuse beaucoup de me regarder à l'entraînement.

— Elle n'est pas clown ou acrobate ; laisse-lui la dignité de guerrière, je t'en prie.

— Au diable la dignité, à moins que tu n'aies plaisir à la voir mourir, dit la petite maîtresse d'armes qui s'appelle Marfa. Si elle tombe dans l'arène, ces tours d'acrobate peuvent lui sauver la vie. Et ce sont des mouvements pleins de grâce en eux-mêmes, qui plaisent à la foule. Ils aimeront mieux la voir éviter un danger en faisant un saut périlleux qu'en s'enfuyant.

Elle se tourne vers moi :

— En évitant un coup, me conseille-t-elle, ne donne

jamais, au grand jamais, l'impression d'avoir peur ; ces manœuvres te donnent l'apparence de chercher à plaire et amuser, au lieu d'esquiver un coup. Et si tu amuses toujours la foule, tu peux tromper la mort beaucoup plus longtemps.

Je lui suis reconnaissante de cette nouvelle connaissance, et je pratique assidûment. A la fin de chaque jour, je suis priée à dîner avec Ifania, et elle paraît prendre plaisir à me faire servir tout ce que je désire ; mais ma nouvelle entraîneuse a décrété que je dois manger encore plus frugalement que ne l'ordonnait Hassim. Blanc de volaille, poisson, quelques légumes verts, et peu de sucreries ; même la plupart des fruits me sont défendus.

A ce nouveau régime, en quelques jours, je sens mes muscles mieux dessinés, mon corps plus ferme, plus fort. Ifania me traite comme un nouveau jouet, me drape dans des tuniques multicolores et me couvre de bijoux. La veille des jeux, mon entraîneuse me fait coucher de bonne heure après un repas léger, et Ifania boude, parce qu'elle a invité des amis et veut exhiber son nouveau joujou au banquet.

— Après les jeux, tu pourras l'exhiber en triomphatrice, dit Marfa, et Ifania accepte le décret avec une moue enfantine.

— S'il le faut, il le faut, dit-elle, et elle me conduit elle-même au porche extérieur bien aéré, totalement entouré de moustiquaires pour tenir à l'écart poussière et insectes, et qu'elle a réservé à mon usage exclusif.

Elle me déshabille elle-même et me borde dans mon lit, avec un baiser de petite fille couchant sa poupée pour la nuit. Et en effet, Ifania me donne davantage l'impression d'être une fillette avec une nouvelle poupée qu'une maîtresse de gladiatrice. Elle n'est pas assez assoiffée de sang pour ça.

Restée seule — le soleil vient à peine de se coucher —, je suis incapable de dormir, me demandant ce qui m'attend le lendemain dans l'arène. Si j'avais été à la Maison du Destin, j'aurais connu le programme des combats, et peut-être vu mon adversaire inévitable. Et si j'étais opposée à Beizun, ou même à Hassim ? Pourrais-je me résoudre à tuer l'une ou l'autre, même pour sauver ma vie ? Si je connaissais un dieu à prier, je le supplierais que ce sacrifice me soit à jamais épargné. Allongée dans mon lit, je me tourne et retourne, me rappelant qu'avant les derniers jeux Hassim avait recherché mes faveurs, et que j'avais été incapable de les lui accorder — moi, moins libre qu'une esclave, prisonnière impuissante d'anciennes peurs. Je pense à Hassim, je revois Beizun blottie dans ses bras, et j'espère sincèrement que, cette nuit, elle pourra le réconforter à ma place.

Obsessivement, je repasse mentalement tous les coups de mon premier combat contre le rétiaire ; demain, serai-je opposée à un autre rétiaire, ou à un mirmillon comme moi ? Ou à une femme — à Beizun, même ? Je revois en esprit tous les coups que nous avons échangés.

Une ombre tombe sur moi, et j'entends un pas léger près de mon lit ; c'est Marfa.

— Pas encore endormie ? Je te donnerais bien une potion somnifère, mais elle pourrait ralentir ton regard et ta main dans l'arène, dit-elle. Tu as peur ?

A elle, je ne confesserai pas ma peur.

— Non, bien sûr que non.

— L'orgueil, c'est bon, dit-elle, mais il ne faut pas en abuser. Essaye de te détendre. Compte lentement, respire profondément.

Sa voix est apaisante, calmante, et relaxe mes muscles au point que je m'assoupis.

Je suis proche du sommeil et Marfa s'est éclipsée quand j'entends un pas léger, sens un poids près de moi sur le lit. J'ai à peine conscience des bras qui m'enlacent, m'étreignent, contact à la fois apaisant et excitant. A moitié endormie, je pense que je suis dans les bras de Beizun, que ce sont ses doux seins que je caresse, serrée contre elle avec une joie profonde. Murmures de tendresse, attouchements qui ne provoquent en rien la révulsion que je ressentais quand les hommes se servaient de moi et que je n'avais aucun moyen de fuir. Les attouchements se font de plus en plus intimes jusqu'à l'extase finale, et, à demi éveillée, je sais que je suis dans les bras d'Ifania, serrée contre elle et caressée amoureusement. Ses bras m'enlacent ; sur ses seins tièdes je m'endors, oubliant la peur et l'ombre de la Maison du Destin.

son à jamais épargné. Allongée dans mon lit, je me tourne et retourne, ne voyant qu'avant les derniers [illegible] Martin ayant reconnu mes fautes, et que j'avais été incapable de les lui accorder — non, encore bien, ni une enfance, prisonnière impuissante d'anciennes peurs, je pense à Maman, je revois Bedson Ibrahim dans ses bras, et j'espère ardemment que, cette nuit, elle pourra le réconforter à ma place.

[illegible] comment, je repasse mentalement tous les [illegible] de mon premier combat contre le démon ; demain, serai-je opposée à un autre démon, ou à un [illegible] comme moi ? Ou à une femme ? À Fatima, peut-être ? Je revois en esprit tous les enfants que nous avons enterrés.

— Pas encore endormie ? Je le demande dans une [illegible] [illegible], mais elle pourrait remarquer mon regard et la main dans l'ombre du lit. Tu as peur ?

— Tu parles, c'est bon, dit-elle, mais dors. Il me faut une [illegible] de ta défense. Grands [illegible], respire profondément.

Ma [illegible] dans une [illegible], et relâche mes muscles au point que je m'assoupis.

Chapitre V

Le soleil me réveille de bonne heure ; je suis toujours dans les bras d'Ifania. Maintenant, je sais ce qu'était ce que je ressentais pour Beizun, et je suis un peu triste de n'avoir pas connu avec elle cette première extase.

Pourtant, je suis contente d'être aimée de ma maîtresse. Et, tandis que je la regarde, elle ouvre les yeux et me salue d'un baiser.

— Il est encore tôt, murmure-t-elle. Bientôt, je t'enverrai ma propre fille de bain pour te baigner, te vêtir et te faire belle pour l'arène.

Ce matin, même l'idée de l'arène ne parvient pas à diminuer ma confiance et mon bonheur. Ifania s'éclipse, et, au bout d'un moment, une esclave vient me chercher pour me conduire au bain. Elle me frictionne les membres avec des huiles parfumées jusqu'à ce que circulent dans mon corps des énergies que j'ignorais jusque-là ; puis elle me vêt d'une tunique bleu-vert qu'Ifania a envoyée pour moi, et enfin me passe au cou l'amulette en forme de croissant qui fut le premier présent d'Ifania. Ifania vient m'inspecter avant qu'on ne m'emmène à la Maison du Destin pour préparer les jeux.

— Tu es encore plus belle que je ne croyais, ma Zadieyek, dit-elle. Sois redoutable envers tes adversaires.

Et elle m'étreint, avec un baiser presque plus tendre que passionné.

— Puissé-je gagner pour ta gloire, ma chère maîtresse, lui dis-je, et elle m'embrasse une nouvelle fois.

— Et pour ta propre gloire, ma beauté, ajoute-t-elle, passant à mon doigt une bague taillée dans une gemme cramoisie.

Je la porte à mes lèvres, et, avant mon départ, elle ajoute :

— Reviens-moi vivante, mon amour.

Elle a demandé sa propre litière pour me transporter.

Je commence à comprendre ce que c'est que d'être la favorite d'une grande dame. Tandis que les porteurs crient, d'un ton bon enfant : « Place ! Place à une grande dame ! Dégagez la voie ! », j'entnds les cris d'approbation de la foule comme j'entendais le ressac des spectateurs de l'arène. Je suis transportée jusqu'à la porte de la Maison du Destin, qu'aucun étranger ne peut franchir, et déposée au milieu des gladiateurs, vêtus aux couleurs des esclaves de l'Akharet et de sa compagne. Hassim, revêtu de ses plus beaux atours, m'accueille d'un air amusé.

— Comme tu es belle, ma Zadi ! Ta maîtresse t'a vêtue des plus belles soies et parfumée des plus fines essences.

Puis Beizun est à mon côté, m'accueillant d'un sourire.

— Dis-moi, quel est le programme des jeux ? Connais-tu mon adversaire ?

Hassim dit avec colère :

— Je suis un gladiateur, pas un boucher ! Pourtant, l'Akharet — puisse-t-il vivre à jamais, ajoute-t-il d'un ton si lourdement sarcastique que même moi je comprends qu'il voudrait le voir en Enfer — a décrété qu'aujourd'hui nous combattrions des bêtes. Des bêtes — pour humilier ses propres combattants !

— Quel mal y a-t-il à ça, Hassim ? Il me semble qu'il vaut mieux tuer des animaux que des hommes, dis-je.

— Tu trouves ? dit Hassim avec mépris. Cela ne demande ni science ni art, et il n'y a aucun honneur à gagner à égorger de pauvres brutes qui ne savent même pas qu'elles vont mourir. S'il plaît à l'Akharet de voir mourir des bêtes innocentes, il a assez de sacrificateurs pour le convaincre que les dieux prennent plaisir à voir charcuter des innocents ; au moins, les gladiateurs savent pourquoi ils combattent.

— Si l'Akharet prend plaisir à voir des hommes et des femmes saigner et mourir... dis-je avec véhémence, mais Beizun me touche l'épaule.

— Silence, ma Zadi. Les murs peuvent avoir des oreilles.

— Qui conteste la volonté de l'Akharet peut dîner d'une bouchée de sable, me rappelle Hassim.

Je m'abstiens de lui rappeler ses propres contestations.

Le Maître des Jeux vient annoncer le premier combat.

Douze taureaux sauvages des marches de Rhighun contre Hassim et quatre autres gladiateurs du *tammarim* de l'Akharet.

Hassim peut bien se montrer méprisant, mais au premier coup d'œil sur les taureaux qui sortent du toril, je suis terrifiée. Aussi trapus que des buffles d'eau, ils ont des yeux féroces. Hassim prend sa longue lance et fait signe à ses camarades. J'entends les cris de leurs aides. Un serviteur de l'arène me dit que les cotes se sont réduites. Maintenant, on parie à quatre contre cinq que les taureaux tueront tous les gladiateurs, et à un contre deux que les taureaux tueront trois gladiateurs sur cinq En rage, je me demande si Ifania a parié sur les bêtes contre moi.

Les taureaux chargent, et Hassim enfonce sa lance dans le flanc du plus gros, avec une telle force qu'un homme s'abattrait comme une masse, mais cela ne sert qu'à mettre le taureau en fureur ; il se retourne et charge ; Hassim lève son épée et le frappe au cou. Un taureau est à terre, mourant. Les parieurs qui ont misé sur la mort des cinq gladiateurs hurlent de fureur. Un camarade d'Hassim projette sa lance, mais ne blesse la bête qu'au cou, et il est chargé, éventré, et rejeté de côté d'un mouvement de cornes impatient. Il gît dans un coin de l'arène, comme un chiffon sanglant, trop tard pour que même Hassim le sauve, quoi qu'il lance son arme avec une précision mortelle.

Deux taureaux gisent morts sur le sable de l'arène ; trois autres chargent, agitant furieusement leurs cornes et Hassim en expédie un aussi prestement qu'un sacrificateur. Le bruit des meuglements emplit l'arène, et l'odeur du fumier et du sang. Les taureaux sont faciles à tuer pour un habile combattant... c'est assommant, c'est tout. Je commence à partager l'indignation d'Hassim devant cette boucherie, et je repense à ses paroles : ni science, ni art, ni gloire à gagner à ça. L'un de ses camarades gît mort à ses pieds ; un autre, trébuchant sur une lanière de sandale dénouée, perd l'équilibre, tombe et est éventré et jeté de côté. Mais il ne reste qu'un taureau. Hassim l'expédie prestement, puis marche droit vers la sortie, sans même remercier du tonnerre d'applaudissements. La foule n'aime pas ça. C'est déjà regrettable qu'il lui ait fait perdre ses paris, mais il semble mépriser ses acclamations. La prochaine fois qu'il paraîtra dans l'arène, elle voudra son sang.

— Stupide, dit Beizun, essayant le tranchant de son épée sur un pli de sa tunique dont la soie se fend à ce contact léger comme une plume.

C'est son tour et elle entre dans l'arène, contre un éléphant monstrueux, bête grise et ridée aux petits yeux à demi aveugles et à l'immense trompe, dont la première charge la projette contre une barrière, puis elle plonge, et, relevant son arme, tranche la trompe d'un seul coup d'épée. L'éléphant entre dans une rage démentielle, avec des barrissements aigus, agitant la tête à la recherche de son tourmenteur. Beizun se relève et enfonce sa lame dans l'œil et dans le cerveau de la bête, qui s'effondre, son poids ébranlant l'arène comme un tremblement de terre. En un clin d'œil, elle a expédié la bête et elle est en sécurité derrière les barricades. Suit un combat entre deux rétiaires et un lion aux griffes acérées. Ils prennent promptement le lion dans leurs filets et l'achèvent d'un coup de lance.

La foule est en colère. C'est trop facile ; elle veut du sang, du sang d'hommes et de femmes, pas du sang d'animaux.

On appelle mon nom, et, défaillante, je découvre que je dois combattre un grand félin quatre fois plus grand que moi. Des rayures blanches et orange le couvrent de la queue au mufle. Quand je passe devant elle en entrant, Beizun me murmure :

— Regarde ses yeux.

Le tigre flaire le sang de l'arène, et se met à gronder, arpentant le sable en cinglant l'air de sa queue. Je remarque qu'il a des yeux clairs, dont l'iris est rougi par le sang ; un albinos, à moitié aveugle au grand jour. Je le dépasse d'un saut périlleux, manœuvrant de telle sorte qu'il ait le soleil dans les yeux quand il chargera. Assoiffé de sang, il bondit et j'esquive d'une culbute, pour faire plaisir à la foule. Quelques-uns crient en me voyant saine et sauve ; ils veulent me voir morte, c'est incontestable.

Je ne suis pas d'humeur à les obliger, malgré leur cri de

ravissement quand je pose un genou en terre après un coup de griffe incroyablement rapide qui me met le bras en sang. Ma tunique écarlate sera gâchée. La griffe du félin s'est accrochée à mon amulette, m'arrachant à moitié ma tunique, de sorte que je suis à demi nue devant eux. Je lève l'épée au-dessus de ma tête, et l'abats, mais elle glisse sur un os du félin ; je passe sous la bête, entendant la foule demander du sang à grands cris, et, relevant mon épée, je la plonge dans le ventre, m'inondant de sang. Le grand chat s'effondre sur moi ; son poids m'écrase et son haleine fétide de carnivore me suffoque. Quand les esclaves de l'arène viennent pour emmener le cadavre du félin, je me relève, bien vivante, et je fais une série de sauts périlleux. Il y a des applaudissements, un peu récalcitrants, mais au moins certains sont contents de me voir en vie. J'espère que ma maîtresse Ifania en fait partie.

Je retourne au vestiaire et Marfa est là, furieuse à cause de l'amulette qui a failli me coûter la vie.

— Il ne faut jamais, jamais, au grand jamais, porter des bijoux dans l'arène, fulmine-t-elle.

Ma tunique de soie, trempée de sang, n'est plus qu'un chiffon, et je suis presque nue sous les yeux des gladiateurs qui rentrent de l'arène. Marfa me pousse dans la piscine, ordonnant à un esclave de m'apporter une tunique propre. Quand je suis de nouveau décente, Hassim vient me féliciter, heureux de me voir vivante ; il m'avait vue disparaître sous le félin et me croyait morte. Je suis toujours dans les bras d'Hassim quand Ifania vient à ma recherche, ayant payé les gardes pour entrer.

— J'ai eu tellement peur, dit-elle, me serrant dans ses bras.

Puis, par-dessus mon épaule, elle voit Beizun, avec sa tunique blanche et ses tresses de feu cuivré.

— Ton nom et ton pays ? demande-t-elle.

— Je suis Beizun de Rhadamuth.

Ifania dit alors :

— Il faut que tu m'appartiennes ; il me tarde d'avoir un *tammarim* de femmes.

Immédiatement, Ifania envoie à l'Akharet un cadeau de bijoux, et, le temps que sa litière nous ramène à la maison, le contrat d'achat est scellé et Beizun est son esclave.

Dans les rues, la rumeur dit que l'Akharet est mécontent : trop de bêtes coûteuses tuées, et de spectateurs déçus par le peu de sang versé. La populace aussi demande du sang, trouvant que l'Akharet a manqué à son obligation de l'amuser.

— Barbares, ricane Beizun avec mépris.

Nous nous blottissons l'une contre l'autre dans la litière qui nous emporte chez Ifania.

— Peu leur importe la science que nous avons manifestée en combattant. Ils veulent seulement voir verser le sang et mourir des hommes et des femmes. Comme je les méprise !

— Pourtant, tu as choisi librement de devenir gladiatrice.

— Sais-tu combien de temps survivent les putains dans les mines de cuivre, Zadi ? Ici, au moins, la mort n'est pas certaine et se fait attendre plus longtemps. Il y a une chance d'échapper à la Vieille Sanglante et de racheter sa liberté, répond-elle.

Quand nous arrivons à la maison d'Ifania, la fille de bain nous attend pour nous baigner, nous masser et nous parfumer et nous donne de magnifiques tuniques neuves et des bijoux. Ainsi parées, nous sommes priées au banquet d'Ifania.

Les amies de notre maîtresse nous attendent, et je perçois un mouvement d'admiration à notre entrée, Beizun, grande et élégante, le flamboiement de ses cheveux roux mis en valeur par la soie blanche de son vêtement ; je sais que je suis belle, moi aussi, voyant reflétés dans les yeux de Beizun mes yeux et mes cheveux noirs, et ma silhouette plus fine vêtue d'azur. Ifania aussi est belle, svelte et élégante dans sa longue robe patricienne. Je n'avais pas réalisé comme elle est jeune — peut-être pas encore vingt ans.

— Alors, que vas-tu faire de deux belles femmes de guerre, Ifania ? demandent-elles.

— Oh, je pense bien à quelque chose.

Elle s'approche et nous indique nos sièges ; furtivement, ses mains cherchent les miennes, rapide contact pour se rassurer. Beizun s'en aperçoit, et je rougis, me remémorant ses paroles : « Pendant qu'elle est encore entichée de toi. » Et soudain, je ressens une grande pitié pour ma maîtresse, sachant qu'en un sens, elle est à ma merci ; je suis l'esclave et elle est la maîtresse, mais c'est moi qui détiens tout le pouvoir. Et je ne le comprends ni ne le désire.

C'est la première fois, à ma connaissance, où je n'ai pas été le jouet des événements : captive, prisonnière, victime. Quand j'ai saisi l'épée, faisant de moi une gladiatrice de préférence à une putain, ce fut le premier choix qu'il m'ait été donné de faire. Maintenant, j'ai conscience que, quoi qu'il arrive dorénavant, ce sera parce que je l'aurai provoqué, et j'ai peur, car c'est une responsabilité effrayante. Non seulement de déterminer le cours de ma propre vie, mais aussi de celle de Beizun, et même de ma maîtresse Ifania.

Un court silence gêné a suivi, comme si le monde s'était arrêté, puis remis à tourner. Ifania me tient toujours par la main, que je referme sur la sienne. Pourquoi se met-elle ainsi à ma merci ? Je ne le comprends toujours pas.

— Elles sont effectivement très belles, dit Evara, une amie de ma maîtresse, élégamment vêtue, mais pas la moitié aussi belle qu'Ifania, avec ses cheveux filasse grisonnants, son long visage creusé de rides de colère et de débauche.

— Ainsi, Ifania, tu as choisi de constituer un *tammarim* de gladiatrices ? C'est très bien ; l'Akharet devient vieux et apathique. Ce honteux massacre d'aujourd'hui — croit-il donc qu'il dirige une boucherie ? Et quant à sa compagne — j'ai été élevée avec Clarmina, qui ne sait rien des gladiateurs et s'en moque. Ainsi, tu nous redonneras des jeux dignes de ce nom ?

— J'essaierai, répond Ifania, mais je connais peu de chose de l'arène. Peut-être ces deux femmes m'apprendront-elles ? Dis-moi, Zadieyek, pourquoi préfères-tu combattre des hommes que des bêtes ? Ce tigre a failli te tuer aujourd'hui — est-ce plus difficile de tuer des animaux que des hommes ?

J'embrasse du regard toutes ces femmes, qui écoutent avidement, impatientes de savoir ce que j'ai ressenti à affronter la mort alors qu'aucune d'elles n'a jamais été exposée au moindre danger. Je leur en veux ; mais je me tourne vers ma maîtresse.

— C'est dangereux de combattre des animaux, parce qu'il est impossible de savoir ce qu'ils pensent, ni même s'ils pensent, dis-je lentement. Au moins, les hommes savent ce qu'ils font dans l'arène, et pourquoi ils sont là. Une pauvre brute sait seulement que je la tourmente et se défend avec ses armes naturelles ; il est difficile de tuer une créature qui a été attaquée sans raison, et qui ne sait pas pourquoi elle est attaquée.

— Mais cette fille est une moraliste, dit une amie d'Ifania avec dédain.

— Et cela ne trouble pas ta conscience de tuer des hommes qui n'ont pas plus de choix que les animaux, étant des esclaves vendus à l'arène ?

Question épineuse, et la femme qui la pose ne s'intéresse pas sérieusement à ce point d'éthique ; elle se moque de moi. Néanmoins, je la prends au sérieux, heureuse d'avoir l'occasion de m'exprimer sur ce sujet.

— Non, cela ne trouble pas du tout ma conscience, dis-je gravement. J'ai choisi de combattre plutôt que de mourir ; l'homme que je combats a fait le même choix, sinon il ne serait pas dans l'arène.

Ifania dit avec véhémence :

— Tu ne combattras plus jamais contre des bêtes, je te le promets, Zadieyek. Et toi, Beizun, que penses-tu de ces combats contre des animaux ?

Beizun éclate de rire.

— Ils sont trop faciles à tuer, dit-elle, parce que je sais ce que je fais, et pas eux. Dans ces duels, il n'y a pas de place pour la science, ni même pour la force. Je suis dans l'arène pour exhiber mon art et acquérir la renommée ; mais, en qualité de gladiatrice, non d'apprentie bouchère ! Aujourd'hui, si j'avais été opposée à un mirmillon comme moi et que je l'aie vaincu, je serais fière de moi. Mais quelle fierté y a-t-il à... à inventer un moyen de torturer une bête stupide ?

— La fierté de ne pas être morte, dit une convive, mais Beizun secoue sa crinière cuivrée.

— Je suis contente de ne pas être morte, c'est vrai, mais pas fière. Je ne m'enorgueillis pas d'un tel massacre. Je suis prête à déployer mon art devant un être intelligent décidé à me tuer ; mais, tout à l'heure, il s'agissait simplement de ne pas me faire piétiner jusqu'à ce que j'aie trouvé les points vulnérables de ce gros éléphant. Si j'avais eu à tuer cette créature pour nourrir ma famille affamée, je serais peut-être fière. Ou peut-être encore si j'avais dû la traquer et la chasser dans sa jungle natale. Mais là, je n'avais qu'à enfoncer mon épée et ma lance dans le corps de ce gros animal poussé dans un lieu inconnu, sans aucun endroit pour se cacher. Non, il ne s'agissait pas de l'art du gladiateur ou du chasseur, mais de celui de l'abattoir. Si j'avais voulu apprendre la boucherie, je serais devenue apprentie bouchère !

— Eh bien, puisque tu veux combattre, participerais-tu à des jeux dignes de ce nom ? demande l'amie d'Ifania.

— Volontiers, réplique Beizun. Je ne crains aucun homme armé de l'épée et du bouclier. C'est la vie que j'ai choisie. Je suis une femme de guerre depuis que je suis assez grande pour soulever une épée.

— Et tu aimes cette vie ? demande une autre. Tu as choisi le monde des guerriers ? Non pas forcée, mais de ta libre volonté ? Tu n'es pas née dans les fers ?

— Non ; mon père était marchand. Il voulait faire de moi une souris ménagère, me marier jeune et me voir porter de beaux atours, me peindre le visage, coucher avec un seul homme et mettre au monde de nombreuses copies de sa laideur, dit Beizun. Quand je suis devenue soldat mercenaire, il m'a chassée de sa maison avec la robe que j'avais sur le dos, rien de plus.

Ifania nous regarde tour à tour, Beizun et moi, puis elle dit lentement :

— Je comprends ton choix, Zadieyek — tu as été vendue à l'arène, et tu n'avais d'autre alternative que le combat ou la prostitution ; j'aurais peut-être fait le même choix que toi, plutôt que d'être livrée sans défense à des hommes. Mais toi, Beizun, tu avais d'autres possibilités. Pourquoi as-tu voulu être une femme de guerre ?

Beizun hausse les épaules et dit :

— A l'époque, il me semblait que je n'avais pas d'autre choix. Pourquoi choisit-on comme l'on fait ?

Je vois que cette question la met en colère. Pourtant, moi aussi j'ai envie de la lui poser, et d'entendre un jour sa réponse sincère.

Même Ifania perçoit sa colère et elle dit :

— Mais venez ; le banquet refroidit pendant que nous discutons.

Elle fait signe de servir.

— Ce soir, nous oublierons l'entraînement, et vous mangerez ce que vous voulez, ajoute-t-elle à notre intention.

Elle me sert elle-même de plusieurs plats dont elle sait que je suis friande, encourage Beizun à choisir ses mets préférés, nous sert le vin.

Quand nous avons mangé et bu à ne plus pouvoir avaler, Ifania nous révèle son plan.

— Je veux constituer un *tammarim* des plus belles gladiatrices jamais vues dans l'arène, dit-elle. Et alors, je montrerai à l'Akharet ce que sont des jeux dignes de ce nom.

Mais Evara se moque d'elle.

— Et où les trouveras-tu ? Je crois qu'il n'y a que ces deux-là dans toute la cité.

— Il y a aussi Marfa, leur entraîneuse, dit Ifania. Elle en connaît peut-être une troisième, à moins qu'elle n'accepte de faire elle-même la troisième. Puis j'enverrai ces deux-là en recruter d'autres, et je les ferai entraîner pour l'arène.

— Et où les enverras-tu ? demande Evara.

— Partout où il faudra. Même jusqu'à Gyre, s'il le faut. Si Gyre a produit Zadieyek, je ne doute pas qu'il n'y ait d'autres femmes qu'on puisse convaincre de venir ici exhiber leur art ! dit Ifania. S'il y a deux femmes qui ont choisi la vie de guerrières, il doit en exister d'autres.

Ma fourchette me tombe des mains, et je regarde Ifania avec étonnement et consternation. Je veux me libérer de l'arène, non en inciter d'autres à y entrer. Mais toutes ces femmes paraissent très excitées à l'idée que des gladiatrices pourraient en venir à dominer les jeux. Je ne sais pas pourquoi cela leur plaît tellement. Au nom de tous les dieux, pourquoi la perspective de voir des femmes combattre dans l'arène les enchante-t-elle à ce point ? Ne savent-elles pas que je changerais de place avec n'importe laquelle d'entre elles ? Croient-elles que j'ai choisi cette vie parce que je l'aime ? Je regarde Beizun et je m'aperçois qu'elle sourit ; à l'évidence, l'idée lui plaît aussi. Je voudrais pouvoir m'éloigner de ces femmes riches et de leur nouvelle toquade pour parler raisonnablement avec Beizun. Je voudrais vraiment savoir pourquoi Beizun a choisi cette vie alors qu'elle n'y était pas forcée ; je comprends qu'elle l'ait préférée au bordel des mines de cuivre, quand ses dettes de jeu l'ont placée devant cette alternative ; mais pourquoi a-t-elle choisi d'être mercenaire au départ ?

La soirée est interminable, mais, à la fin, comme toutes choses, elle se termine, et je suis libre d'aller me reposer. Je me demande si Ifania exigera ma présence dans son lit ou viendra me rejoindre dans le mien. J'ai bu beaucoup trop de vin doux, et je chancelle en dirigeant mes pas vers le porche aéré où je dors ; Beizun m'entoure de son bras pour stabiliser ma démarche.

Je me suis rappelée quelque chose en regardant Ifania écrire à l'Akharet, et je le confie à Beizun.

— Quand j'ai vu notre maîtresse faire un paquet de bijoux, je me suis vue en train d'écrire — et aussi de lire.

Elle fronce les sourcils.

— Chut ! Tu es ivre, Zadieyek.

Je suis furieuse parce qu'elle ne me croit pas, et j'insiste, élevant la voix.

— Je sais lire, et aussi écrire ; donne-moi une plume et tu verras.

Maintenant, elle baisse la voix et me siffle à l'oreille, rageuse :

— Ferme ta grande gueule, ou tu vas nous faire torturer toutes les deux ! Tu ne sais pas que quiconque enseigne à un esclave à lire et à écrire doit payer une amende de cent *decars*, et que l'esclave est condamné à avoir la main coupée ? Parfois, on lui coupe les doigts un par un, et parfois pire ; il vaut mieux ne pas en parler.

Je sens monter en moi une onde de... non, pas de peur... de colère et de dégoût. Quels barbares ! Plus que jamais, je suis contente de ne pas faire partie de ce peuple ! Cette juste rage fait bientôt place à la confusion. Si je ne suis pas d'ici, qui suis-je donc ? Une chose est sûre : je suis issue d'un peuple qui trouve que lire et écrire est... je cherche à formuler le concept... un droit normal, d'un peuple où tout enfant apprend la lecture et l'écriture.

Quand je le dis à Beizun, elle s'esclaffe avec dédain.

— Même les esclaves ?

Je m'efforce de me rappeler et j'avance :

— Je crois qu'il n'y a pas d'esclaves parmi nous.

— Tu rêves ! raille Beizun. Comment le travail se ferait-il ?

Et je sais qu'elle ne me croit pas et qu'elle n'en entendra pas davantage.

Pourtant, tandis que j'entre dans mon lit, et que Beizun, à qui l'on n'a encore assigné aucun lieu pour dormir, s'allonge près de moi, je fouaille mon esprit à la recherche de bribes éclairant cette bizarre certitude, ce soulagement de ne pas appartenir à ce peuple barbare, sauvage. Mais le souvenir s'arrête là, et je me rappelle une seule autre circonstance où j'ai ressenti la même chose ; à mon premier festin à la Maison du Destin, après mon premier combat dans l'arène ; on me donne une aile de volaille rôtie, et, ma faim satisfaite après quelques bouchées de cette viande grasse et de cette peau croustillante, je fais jouer l'articulation des os, remarquant les tendons encore attachés aux os et l'étrangeté de l'aile ; il me semble qu'elle devrait avoir une forme différente, que les os devraient être creux — comment une créature de cette taille peut-elle voler ? Peut-être qu'elle ne vole pas, me dis-je, me rappelant soudain des oiseaux élevés pour la table et qui ne volent jamais. Mais malgré mes efforts, ma mémoire ne remonte pas au-delà du feu blanc qui divise ma vie, et ces bribes d'un *avant* présumé sont brèves et fugaces.

Beizun m'attire dans ses bras, mais j'ai l'esprit encore embrumé par le vin, et je suis trop apathique pour réagir à ses attouchements ; ma tête se renverse en arrière et je m'endors en gémissant. Mais je me blottis contre elle avec bonheur ; ainsi protégée, je sais que le vieux cauchemar ne me touchera pas, le rêve toujours recommencé dans lequel je traverse le désert attachée sur le dos de quelque animal, et où chaque fois que je suis détachée des hommes arrivent et abusent de moi, cauchemar sans fin de soif et de viol.

Une fois quand même, je me réveille, sentant des mains qui écartent ma chemise et me caressent, avec une douceur où il n'y a ni souffrance ni menace ; je me réveille à moitié, et je vois sur moi les mains de ma maîtresse Ifania, qui cherchent et qui excitent ; je suis encore trop ivre et engourdie pour réagir, et enfin, soupirant de frustration, elle se retourne et prend Beizun dans ses bras ; mais je n'ai toujours pas peur, et je retombe dans un sommeil sans rêves.

Quand le soleil me réveille, Ifania est couchée entre nous, un bras autour de chacune, et lorsque sa vieille nourrice vient la chercher, elle la gronde.

— Joli spectacle que Ta Dignité ! fulmine-t-elle. Et si tu as l'intention d'avoir un *tammarim* de ces créatures, devons-nous chercher un lit plus grand au marché ?

Par-dessus la tête tournée d'Ifania, Beizun rencontre mon regard, réprimant un sourire, et j'enfouis ma tête sous les drap pour pouffer comme une gamine.

Mais Ifania répond avec dignité :

— Hors d'ici, nourrice. Que t'importe comment et avec qui je passe mes nuits ? Va préparer mon bain et envoie-moi ma fille de bain.

— Tout de suite, maîtresse, mais servir ces catins ne fait pas partie de ma charge. Des *gladiatrices*, vraiment ! Si tu te moques de ta réputation, n'as-tu aucun souci de celle de ta vertueuse mère et de ton noble père ? Qu'est-ce qui viendra ensuite — des danseuses ? Des acrobates de quelque cirque nomade ?

— Silence, nourrice ; il est certain que la cité jasera, quelle que soit la façon dont je passe mon temps ; même si je consacrais mes journées à faire des arrangements floraux pour les réceptions de l'Akharet, ils inventeraient quelque scandale, rétorque Ifania.

La nourrice sort enfin en bougonnant, et Ifania pose la main sur mon épaule, m'attire et me fait sortir de sous le drap, à moitié suffoquée.

— Tu te moques de moi, Zadieyek ?

— Oh non, jamais, dis-je vivement.

— Il ne faut pas faire attention à la vieille Hatara, dit Ifania, se penchant pour me baiser la joue. Elle a allaité ma mère avant moi, et ces vieux serviteurs de famille ont certains privilèges, même chez nous. Elle dit ce qu'elle pense, mais elle a bon cœur et ne dénigre jamais personne.

Je ne trouve rien à dire, mais Beizun, comme toujours, sait faire la réponse courtoise qui s'impose.

— Si elle est loyale envers toi, Ifania, alors Zadieyek et moi, nous serons loyales envers elle. Quiconque est cher au cœur de notre maîtresse est cher aussi au nôtre, n'est-ce pas, Zadi ?

Je parviens à articuler :

— Certainement, maîtresse.

Et Ifania se lève à l'entrée de la fille de bain.

— Quand j'aurai terminé mon bain, je vous l'enverrai pour vous habiller. Plus tard, vous ferez une commission pour moi. Aujourd'hui, je commence les recherches pour mon *tammarim*.

Quand nous sommes seules, Beizun me sourit, ravie.

— La liberté, Zadi ! Nous aurons bientôt la liberté de la ville, et je parie tous les profits de mon prochain combat que nous aurons davantage avant que la lune se couche.

Je ne partage pas son optimisme. Soudain, l'idée me frappe que, bien que dorlotées et choyées, nous sommes toujours des esclaves, et que notre vie dépend des caprices d'une jeune femme qui nous traite comme un nouveau jouet. La perspective me consterne.

Chapitre VI

Mais rien ne se passe ce jour-là ; Beizun et moi sommes baignées, massées, vêtues et parfumées ; mais quand nous rejoignons notre maîtresse, elle dit seulement que la journée précédente a été éprouvante et que nous pouvons nous reposer toute la journée. Marfa arrive, et insiste pour que nous passions au moins une heure ou deux à l'entraînement, pour nous délier les muscles.

— Sinon, affirme-t-elle, vous aurez demain les muscles trop raides pour traverser la chambre.

Elle soigne aussi mon coup de griffe au bras, que j'avais presque oublié.

— Les griffes de carnivores sont empoisonnées, me dit-elle. Le poison pourrait pénétrer dans ton sang et te faire perdre le bras.

Je ne le savais pas, et je suis reconnaissante à la vieille guerrière, sachant qu'elle au moins est une amie. Quand je prends mon épée, mon bras est si douloureux que j'ai du mal à la soulever, et je grogne, répugnant à commencer l'exercice. J'aimerais mieux rester tranquille jusqu'à ce que la douleur disparaisse, mais elle insiste.

— Non, non, non. Au bout d'une heure d'exercice, tu te sentiras beaucoup mieux.

Je bougonne, mais j'obéis, et, à ma grande surprise, je retrouve mon agilité après quelques minutes, et j'étonne Beizun par une série de sauts périlleux.

— Où as-tu appris ça ? demande-t-elle.

Je montre du doigt notre entraîneuse, et Beizun poursuit :

— Tu pourrais me l'apprendre aussi, Marfa ?

— Tu n'en as pas besoin, répond-elle carrément. Ils te regarderont quoi que tu fasses, surtout habillée comme ça.

Zadi est plus petite, plus mince — elle a besoin de quelques tours de ce genre pour plaire à la foule.

Beizun s'esclaffe bruyamment.

— Mais j'aimerais peut-être mieux montrer mon agilité que mes tétons, dit-elle à Marfa.

Alors, je lui promets :

— Peu importe, Beizun, si elle ne veut pas, c'est moi qui t'apprendrais.

Nous passons presque tout le reste de l'après-midi à pratiquer culbutes, cabrioles et sauts périlleux en avant et en arrière. Beizun révèle un talent inné pour ces acrobaties, et, avec ses longues jambes et ses cheveux roux dénoués, elle est tout de suite plus spectaculaire que moi. Je prends plaisir à la regarder et le temps passe comme l'éclair, jusqu'au moment où Hatara, la vieille Nourrice, vient nous avertir que la maîtresse est rentrée et nous prie à dîner avec elle.

A table, c'est de nouveau l'ordinaire de l'entraînement : poisson maigre servi avec des légumes et de fines tranches de melon. Il y a aussi des pâtisseries et du vin pour Ifania, mais je suis touchée qu'elle les refuse et choisisse de partager notre régime.

Hatara la gronde.

— Il faut manger pour conserver tes forces, maîtresse, dit-elle.

Mais Ifania rétorque :

— Si deux gladiatrices peuvent conserver leurs forces avec ce menu, il ne peut pas me faire de mal non plus.

Et elle renvoie le vin et les gâteaux.

Plus tard, elle fait venir Beizun près d'elle.

— As-tu beaucoup voyagé dans le royaume ? demande-t-elle.

Et Beizun lui fait un bref résumé de ses voyages, que j'ai du mal à croire, même si, ainsi que je l'apprends par la suite, loin d'exagérer, Beizun n'a donné qu'un aperçu partiel et modeste de tous les endroits où, en sa qualité de mercenaire, elle a voyagé ou combattu.

— Voilà mon plan, dit Ifania. Pendant trois jours, vous visiterez la cité, essayant de trouver des combattantes pour mon service. Après quoi, vous partirez toutes les deux pour d'autres villes et royaumes, à la recherche de femmes acceptant de combattre en mon nom dans l'arène. Cela vous est-il agréable ?

Je sais à peine quoi dire, répugnant sincèrement à quitter la première personne qui m'ait témoigné de la bonté. Mais Beizun, comme toujours, sait répondre avec tact.

— Cela nous peinera de te quitter, toi la meilleure des maîtresses, mais si tel est ton désir, nous aurons plaisir à exécuter tes volontés.

Comme c'est exactement ce que je ressens, je n'ai aucune peine à renchérir. Je suis impatiente de faire tout ce que veut Ifania. Pourtant, j'ai trop souvent l'impression que Beizun se moque subtilement de notre maîtresse. Le lendemain matin, Ifania convoque sa scribe qui rédige des laissez-passer afin que nous puissions circuler librement dans la ville.

Comme nous sortons de la demeure d'Ifania et tournons dans la rue suivante, je demande à Beizun :

— Par où commencerons-nous ?

Je n'ai aucune idée des endroits à visiter pour trouver des gladiatrices.

— Nous allons commencer par les écoles d'arts martiaux, dit Beizun, et voir si elles ont des élèves femelles. Certains hommes ne veulent pas entraîner les femmes.

— Pourquoi ?

— Pour la même raison que la plupart des maîtres ne prennent pas le risque d'apprendre à lire et à écrire aux esclaves ; trop d'hommes savent que leurs femmes ont tant de raisons de les haïr que, si elles savaient se battre ou tuer, elles tourneraient leur nouvelle science contre leurs maîtres. En fait, beaucoup d'hommes réclament des lois interdisant d'enseigner aux femmes les arts de combat ; mais jusqu'à présent, aucune de ces lois n'est passée — au moins pas dans cette cité. Mais c'est une question de temps.

Je ne comprends pas. Je suppose que si je n'avais pas perdu la mémoire, je saurais de quoi parle Beizun.

Beizun entre dans un débit de boisson et s'enquiert des écoles d'arts martiaux de la cité.

— Une école d'arts martiaux acceptant les élèves femelles ? répète le tavernier en s'esclaffant. Tu veux te battre, chérie ? Pour quoi faire ? Tu n'as sûrement pas besoin d'apprendre pour battre les hommes ; je te donnerai le vivre et le coucher, et tout ce que tu auras à faire pour ça, c'est de servir mes clients dans ce petit tablier.

Beizun l'empoigne par le devant de sa chemise et l'attire rudement à elle.

— Voilà pourquoi, dit-elle, lui mettant son couteau sur la gorge. Pour corriger les mufles comme toi qui font des propositions de ce genre. Ecoute-moi bien, ami citoyen. Je t'ai posé une question convenable ; réponds-y, ou dis que tu ne sais pas, mais j'ai mieux à faire qu'à repousser des propositions indécentes. J'ai un travail à faire et j'ai la patience courte.

Le tavernier exhale un soupir alcoolisé tout autant que désespéré.

— Je ne voulais pas t'offenser, jeune femme. Désolé. Il n'y a pas de mal à tenter sa chance. Des écoles de guerriers ? Il y en a une à côté sur la place de la fontaine., une grande maison avec deux piliers rouges en façade. Dirigée par une femme, il paraît. Elle vous dira mieux que moi tout ce que vous voulez savoir sur les autres. Lâche-moi, tu m'étrangles.

Beizun le fait valser dans un coin. Il se relève lentement, avec un regard méfiant au couteau qu'elle n'a pas rengainé. Comme il se glisse près d'elle, jetant un regard lubrique sur ses longues jambes, elle fait un geste de sa lame.

— N'y pense même pas, l'avertit-elle, ce serait envoyer une invitation à une soirée de castration — la tienne. Garde tes mains dans tes poches.

— Bien sûr, dit-il d'un ton insinuant. Mais range ton couteau, veux-tu ? Là, c'est mieux. Je peux vous offrir une bière, à ta compagne et à toi ? Aux frais de la maison.

Comme j'ai chaud et que la poussière des rues m'a donné soif, je fais le geste d'accepter, mais Beizun dit sèchement :

— Impossible. Nous sommes à l'entraînement. Merci quand même.

Sur quoi elle tourne les talons et sort.

La place de la fontaine est plus éloignée qu'il ne nous en avait donné l'impression et le temps que nous apercevions les deux piliers rouges, je suis épuisée de la marche sous un soleil accablant. Il y a un immense heurtoir en forme de tête de chèvre ; Beizun tire la barbe de la chèvre, et nous entendons un carillon cristallin résonner au loin dans la maison.

Au bout d'un moment, la porte s'ouvre et une femme se dresse devant nous, à demi nue, n'ayant qu'un pagne pour tout vêtement. Pieds nus, le torse pratiquement plat, elle a des muscles comme la vieille Marfa. Sa vue nous convainc immédiatement que nous avons trouvé ce que nous cherchions, comme son discours direct.

— Si vous venez pour des leçons, mes classes sont pleines jusqu'au Solstice ; après, j'aurai peut-être quelques places.

— Nous n'avons pas besoin de leçons, dit Beizun. J'ai à discuter d'une affaire qui pourrait t'être profitable, et à certaines de tes élèves si tu désires leur en parler.

— Entrez, dit la petite femme.

Elle est blonde au teint clair, avec le nez saupoudré de taches de rousseur.

— Je m'appelle Cléodora. Puis-je vous offrir un rafraîchissement ?

Nous la suivons avec gratitude dans un atrium ombragé d'une treille ; elle nous offre des jus de fruits, et, de l'autre côté de la cour, sur une aire de sable blanc, nous voyons des jeunes filles qui s'exercent à l'escrime avec des bâtons, dont les chocs résonnent dans le silence.

— Puis-je vous demander vos noms ? dit Cléodora.

— Je suis Beizun de Rhadamuth...

— Je savais que je t'avais vue quelque part ! s'exclame Cléodora. Je ne suis pas les jeux régulièrement, mais n'as-tu pas combattu un gros éléphant aux derniers jeux de l'Akharet ?

— Je ne m'en vante pas, Cléodora ; je suis une gladiatrice de la Maison du Destin, et je ne choisis pas mes combats. Je préfère me battre contre des hommes.

— Es-tu membre du *tammarim* de l'Akharet ?

— Non ; ma maîtresse s'appelle Ifania, lui dit Beizun. Elle veut constituer un *tammarim* de gladiatrices. En connais-tu quelques-unes à vendre ?

— Non, dit Cléodora. Je ne dispense mon enseignement qu'à des femmes libres ; il n'y a pas d'esclaves parmi mes élèves.

Au bout d'un moment, elle ajoute :

— Cherchez-vous vraiment à inciter les femmes à entrer dans cet esclavage ?

— Il y a des esclavages pires, dit Beizun, et, au bout d'un moment, Cléodora approuve de la tête.

— Oui, j'imagine ; je ne condamnais pas ton choix, Beizun de Rhadamuth. Malgré tout, ce n'est pas le mien, et je crois que ce ne serait celui d'aucune femme libre.

— Et je ne te condamne pas pour ton refus, dit Beizun. Pourtant, si tu entendais parler d'une guerrière cherchant une bonne situation...

— Et assez pauvre pour n'avoir pas d'autre choix, complète Cléodora. Je t'ai comprise.

Nous la remercions du rafraîchissement et nous prenons congé. Comme nous sortons dans le soleil, je remarque une petite silhouette qui nous suit. J'avertis Beizun discrètement, et elle tourne le coin, pivote et saisit le poignet de notre suiveuse. Elle émet un petit couinement consterné, et je vois que c'est une svelte adolescente, qui ne peut avoir plus de quatorze ans, avec de longs cheveux tressés et une tunique jusqu'aux genoux.

— Que veux-tu de nous ? gronde Beizun.

— Je vous en prie ; je vous ai entendues dire que vous cherchiez des combattantes... et il paraît que même les esclaves combattantes s'enrichissent — si elles vivent, dit-elle. J'ai une vieille mère, et mon frère, qui devrait m'aider à la soigner, est infirme des deux pieds. Comment puis-je devenir gladiatrice ?

— Tu dois d'abord grandir, dis-je vivement. L'arène n'est pas un terrain de jeux pour les enfants.

— Je ne suis pas une enfant ! s'écrie-t-elle, indignée. Je suis femme depuis plus d'un an !

— Tu es élève de Cléodora ? demande Beizun.

— Oui, répond-elle. J'aimerais mieux me battre que tenir la maison, et je crois que je suis plus douée.

— Tu crois pouvoir te battre ?

— Je sais que je peux, dit-elle fièrement. Eprouve-moi.

Beizun dégaine son épée et se met à tourner lentement ; l'enfant se rue de l'avant, bâton en main ; l'épée de Beizun se lève d'un mouvement vif comme l'éclair, et la petite passe sous sa garde et lui tape sur la tête avec son bâton jusqu'à ce qu'elle chancelle.

— Tu vois ? dit-elle fièrement.

— Tu m'as prise au dépourvu, grommelle Beizun. On l'emmène chez Ifania ?

Je crois que c'est exactement ce que cherche Ifania. Mais je ne sais pas si les femmes libres sont autorisées à combattre dans l'arène. Les hommes libres le peuvent — Hassim me l'a dit — mais je ne sais pas si la loi s'étend aux femmes. Je suppose qu'Ifania le saura.

— Quel est ton nom, ma chérie ?

— Aris, me dit-elle, ramassant son bâton.

Je remarque qu'il brille, amoureusement poli et vernis, et qu'elle porte des sandales de cuir blanchi.

— Aris, pourquoi veux-tu combattre dans l'arène ?

— Pour l'argent, dit-elle. Ma mère est vieille et malade, et mon frère infirme. Mon père est mort quand j'étais encore bébé.

— Tu découvriras que combattre pour ta survie avec des armes tranchantes est bien différent de te battre contre les camarades avec des bouts de bois, dit Beizun.

— Je le sais, réplique-t-elle avec sérieux. Mais si je suis vaincue, je ne peux mourir qu'une fois. Mon frère veut me marier à un riche vieillard. Je mourrais mille fois, enfermée dans sa maison. J'aime mieux conserver ma fierté, me battre loyalement, et mourir vierge.

— Et si tu meurs, qui s'occupera de ta mère ?

— Un ami de mon père a proposé de l'épouser, mais elle dit qu'elle ne se remariera pas tant que sa fille ne sera pas établie. Elle pense aussi que je dois me marier, dit Aris.

— As-tu pensé que ta mère pourrait avoir raison ? dit Beizun.

— Souvent, dit Aris, mais je n'arrive pas à m'en convaincre.

Pendant que Beizun la questionne, je pense : *existe-t-il autre chose que le désespoir pour pousser une femme à entrer dans l'arène ?* Non, pas dans cette cité. Mais à Rhadamuth, où beaucoup de femmes deviennent guerrières et mercenaires, m'a dit Beizun, ou à Gyre, où les femmes de guerre (comme moi ?) sont nombreuses, c'est peut-être différent.

— Dis-moi, Aris, que feras-tu si nous refusons ?

— Je couperai mes cheveux, je volerai un costume de

mon frère et je traverserai le désert jusqu'à Gyre où une femme peut devenir guerrière, dit Aris, et Beizun capitule en soupirant.

— Viens donc. Crois-tu qu'elle plaira à Ifania, Zadi ?

Je n'en suis que trop sûre.

Rentrées chez nous, Aris raconte son histoire à Ifania, qui en reste atterrée.

— Aris, n'es-tu pas la fille de Zyphum, le marchand de soieries ? demande-t-elle, et Aris le reconnaît, bien que Zyphum soit mort depuis des années.

— Je risque des ennuis si je prends chez moi une femme libre afin de l'entraîner pour l'arène, dit-elle. Qu'en dit Marfa ? Peux-tu l'entraîner de telle façon qu'elle survive ?

— J'ai près de quinze ans, dit Aris, âge où une citoyenne peut conclure légalement des contrats, même pour combattre dans l'arène.

Ifania hausse les épaules.

— Eh bien, comme tu voudras. Maintenant, j'ai quatre gladiatrices pour mon *tammarim*. Mais préviens Cléodora et ta mère. Je ne veux pas qu'on m'accuse d'avoir enlevé la fille née libre d'une citoyenne.

Chapitre VII

Trois jours après l'arrivée d'Aris, nous quittons la cité, Beizun et moi, avec une garde de trois immenses combattants bien entraînés engagés par Ifania.

Beizun est furieuse et indignée.

— Je n'ai pas besoin d'hommes pour me protéger ! dit-elle à Ifania lors du dernier déjeuner. Crois-tu que je ne peux pas me défendre toute seule ?

— Mais pour voyager au-delà des frontières de la cité, dans le désert où ne va aucune femme ? Vous seriez la proie de la première caravane de marchands d'esclaves rencontrée, dit Ifania. Tu voyageras avec des gardes, Beizun, ou tu n'iras pas plus loin que cette cour. Non, inutile de me cajoler, ma décision est prise.

Beizun hausse les épaules et capitule ; mieux vaut voyager avec des gardes que ne pas voyager du tout et peut-être qu'Ifania soupçonne notre plan d'évasion. Ces gardes protégeront les intérêts d'Ifania, car nous sommes des biens coûteux. Et cela m'inspire un ressentiment immédiat ; malgré toute la gentillesse d'Ifania envers moi, je sens tout au fond de moi et jusque dans mes entrailles qu'aucun être, homme ou femme, ne devrait en posséder un autre comme on possède une canne ou un vieux costume, qu'on peut acheter et vendre. Pourtant, l'esclavage va de soi, fait partie du système. Je ne comprends pas d'où me viennent ces pensées étrangères ; du lointain et mystérieux pays de Gyre, peut-être ? De ma patrie inconnue ?

Avant notre départ, la maison d'Ifania est sens dessus dessous, tout le monde montant et descendant pour aller chercher une chose ou une autre dont nous pourrions avoir besoin. Des outres, attachées sur les grandes bêtes du désert ; des tentes pour les nuits dans le désert ; des monceaux de provisions : pain, viande séchée et fruits secs. Et à la fin, Ifania donne à Beizun l'objet le plus précieux de tous, un laissez-passer manuscrit, déclarant — j'y jette un coup d'œil, sans montrer à Ifania que je peux le lire — que ses servantes Beizun et Zadieyek sont libres de voyager partout où elles veulent à la recherche de femmes pour son *tammarim* et que personne ne doit entraver les mouvements des biens légaux d'Ifania, fille d'Ilfanios.

Les biens. Je ne suis qu'un bien et pourtant, cette déclaration me protège.

Aris descend en courant et me serre dans ses bras.

— Pourquoi ne puis-je pas partir avec elles, Ifania ? Je pourrais les protéger ; je suis une lutteuse, dit-elle.

Ifania l'embrasse avec bonté et dit :

— Tu es trop jeune ; une vierge de ton âge pourrait être volée presque avant d'avoir quitté la cité.

— Mais je suis une femme libre, la fille d'un citoyen, proteste Aris.

— Et comment le prouverais-tu, dans des lieux où personne ne connaît le nom de ton père ni celui de ta mère ? rétorque Ifania. Non, Aris, reste dans les murs de ma maison où tu es en sécurité.

Aris capitule, boudeuse, tandis que Marfa s'efforce de l'apaiser en lui parlant de sa nouvelle cuirasse et de l'épée qu'on forge pour elle.

Je ne suis pas fâchée qu'Aris reste à la maison. L'idée de voyager librement m'exalte ; je ne sais pas pourquoi — voir ce qui s'étend derrière des horizons inconnus, besoin de connaître d'autres lieux, et les étranges coutumes d'autres peuples —, elle m'emplit d'excitation, non dépourvue de peur, d'ailleurs, mais, au lieu de me paralyser comme les vieilles angoisses de mes cauchemars, cette peur est tonique et stimulante. Je sais que je fais ce que je dois faire, et, pour la première fois, autant que je me souviens, je suis heureuse.

Et puis, je regarde Beizun et quelque chose en moi ressent une excitation d'une autre nature à l'idée des nuits que nous allons passer seules sur les pistes.

Une dernière étreinte d'Ifania.

— Es-tu heureuse de me quitter, ma Zadi'yek ? demande-t-elle, d'un ton tendrement réprobateur, et je réponds :

— Non, pas heureuse de te quitter ; non, maîtresse, jamais.

Et en un sens, c'est vrai. Dans cette maison, on m'a témoigné une bonté continue pour la première fois de ma vie, je me suis sentie appréciée pour autre chose que ma valeur à l'épée et au bouclier ; ici, je n'ai pas besoin de me battre, au sens propre, pour avoir le droit de vivre. Ifania s'intéresse à moi en partie à cause de ma valeur de guerrière, je le sais, mais je crois qu'elle continuerait à me traiter avec tendresse même si je refusais de combattre ; en fait, l'idée me frappe que si je la suppliais de me libérer de l'arène, elle le ferait, et continuerait à m'aimer et à me choyer. Mais alors, je serais une sorte de putain, et cette idée me contrarie. N'y a-t-il donc pas d'autre choix pour une femme sans richesses ? Je repense à Aris, qui a choisi l'épée pour éviter d'être vendue à un vieillard qui la désirait, même s'il appelait cela mariage et non prostitution. A ce moment, je trouve difficile de comprendre la distinction.

Dernière étreinte de notre maîtresse à Beizun, claque dans le dos de Marfa à chacune de nous, et nous grimpons sur les selles de nos vaisseaux du désert, qui s'ébranlent lentement en blatérant doucement. Leur balancement me donne le mal de mer et je m'efforce de m'adapter au mouvement de la selle sous moi. J'y parviens rapidement. Beizun ouvre la marche ; je la suis, et nos trois gardes du corps ferment la marche, suivis d'une autre bête chargée de notre bagage. J'avoue que notre caravane est impressionnante, alors que deux femmes seules seraient une trop grande tentation pour les hors-la-loi qui vivent dans le désert.

Nous avançons lentement dans les rues pavées, oscillant au pas de nos montures, respirant la poussière. Une brise fraîche et capricieuse fait sonner les petites clochettes de leurs harnais. Au bout d'un moment, je vois que les nuages ont obscurci le soleil, et de grosses gouttes de pluie commencent à tomber. J'entends Beizun jurer entre ses dents, et je me porte à son niveau pour lui demander ce qu'il y a.

— J'aurais dû penser que la saison des pluies était

proche, dit-elle, mais je croyais que nous aurions quelques belles journées avant qu'elle commence.

— La saison des pluies ?

Je ne me rappelle pas.

— Tu veux dire qu'il va continuer à pleuvoir comme ça ?

— Pendant les trois prochaines lunaisons, dit Beizun. Oh, pas tous les jours, bien sûr, mais plus souvent qu'on voudrait.

— Dans le désert aussi ?

— Non. Quand nous serons dans le désert, il fera chaud et sec. Mais le désert est encore loin.

Elle fixe sur moi un regard pénétrant.

— Je croyais que tu avais traversé le désert pour arriver ici.

— C'est vrai.

Mais il me semble que je suis passée directement du désert à cette cité. Aurais-je perdu un autre pan de ma mémoire ?

Nous continuons sous la pluie, la tête protégée par d'épais tapis. Mais l'humidité nous pénètre et la fraîcheur ambiante me glace l'esprit et le cœur. Vers le soir, une brèche dans les nuages nous révèle le soleil qui se couche à travers la pluie, et la vue de l'astre noyé d'eau me redonne du courage. La cité est loin derrière nous ; nous avançons sur une bonne route de brique, entre deux rangées d'arbres qui se rejoignent au-dessus de nos têtes.

Le soleil disparaît, et presque immédiatement, un crépuscule glacé nous aveugle. Au loin, une lumière tremblotante trahit la présence d'une maison ou d'une ville — je ne sais pas exactement, mais le plus grand de nos gardes, qui a vraiment l'air d'un ruffian, semble savoir ce que c'est.

— Nous logerons pour la nuit à l'auberge de Dargan, dit-il à Beizun quand elle lui pose la question.

Bientôt, tandis que l'obscurité s'épaissit autour de nous, nous franchissons la porte d'une propriété entourée d'un mur.

L'auberge, dit notre garde.

Je suis raide d'avoir passé toute la journée en selle, et je suis contente qu'on m'aide à démonter, heureuse de me dégourdir les jambes dans la cour couverte de paille. Un petit homme sort en clopinant et appelle notre garde.

— Alban ! Sois le bienvenu, mon cousin, dit-il, et je les vois échanger un regard qui me glace.

Cette canaille d'Alban et l'aubergiste se connaissent bien. Je préviens discrètement Beizun que nous sommes en danger, que nous ne devons pas relâcher un instant notre vigilance ; je n'ai jamais eu confiance en cet Alban, et maintenant, je sais que je ne peux pas avoir confiance en l'aubergiste non plus.

— Si proches de Jemmok, dit Beizun, incrédule. La peur de l'Akharet devrait pourtant dissuader les forfaits si près de la ville !

A l'intérieur de l'auberge, épées, lances et boucliers sont accrochés aux murs. Le gros aubergiste se dandine vers nous pour nous proposer de la bière, et j'en bois une gorgée, grimaçant à son amertume, mais Beizun vide son verre avec plaisir.

Je demande à l'aubergiste :

— Qu'est-ce que ces armes ?

— Des souvenirs de mes jours dans l'arène, dit-il. Je faisais partie du *tammarim* de la compagne de l'Akharet, et cette grande hache — il la montre, les yeux brillants — est l'arme que je portais lors de mon dernier combat qui m'a libéré de l'arène ; ma protectrice m'a rendu ma liberté et établi dans cette auberge.

— Moi aussi je suis mirmillon à la Maison du Destin, et Beizun également.

— Vraiment ?

Il se tourne vers Alban et ajoute :

— Tu ne me l'avais pas dit, chien !

Je me retourne et vois Beizun, affalée dans son fauteuil, écrasée de sommeil.

J'ai déjà la main sur la garde de mon épée.

Alban bredouille :

— Je ne savais pas. Ce sont des esclaves d'Ifania... et il recule.

Maintenant, je sais qu'il nous a déjà trahies et je suis prête à le tuer, mais Dargan, l'aubergiste, s'interpose, me protégeant d'Alban et Alban de moi.

— Elles se vendraient un bon prix à Lafhaain, larmoie Alban.

Mais Dargan est intraitable. Il s'avance entre nous et me force à baisser mon épée.

— J'ai combattu dans l'arène, et tout pensionnaire de la Maison du Destin est mon frère et ma sœur, déclare-t-il. Dis-moi, qu'as-tu combattu aux derniers jeux ?

— Un tigre albinos.

— J'ai entendu parler de ce combat. Dis-moi, est-ce qu'Hassim de Lerfaugh combat encore ?

— Hassim ? C'est mon meilleur ami. Il m'a prise en amitié dès mon arrivée à la Maison du Destin.

Dargan me serre dans ses bras et vide dans la paille le cruchon de bière droguée.

— Allez chercher le meilleur vin à la cave ! crie-t-il à la cantonade, et quand un serviteur en apporte, il me remplit un verre ! Dis-moi, jeune fille, quand es-tu arrivée à la Maison du Destin ? Je me rappelle mon premier combat — la hache était mon arme, et Hassim mon adversaire. J'ai failli le tuer, et après, nous sommes devenus amis...

Ainsi, Hassim savait de quoi il parlait quand il me déconseillait de faire un trop bon numéro avec Beizun. C'est le début d'une longue nuit de souvenirs de l'arène. Le ciel commence à s'éclaircir et Beizun à remuer quand je m'endors tout d'une pièce, épuisée, pour ne me réveiller qu'au coucher du soleil, la pluie tambourinant sur le toit et Beizun à mon côté.

— Nous avons perdu toute une journée, dit-elle. Tu es restée debout toute la nuit à échanger des histoires de l'arène avec Dargan ? Il a veillé sur toi tout le jour, et il a chassé cette canaille d'Alban — il ne m'a pas laissée le tuer, mais il a juré que personne ne nous toucherait sous son toit tant qu'il aurait un souffle de vie.

Nos bagages sont prêts pour le départ, et Dargan demande à Beizun :

— Et vos autres gardes ? Vous pouvez leur faire confiance ?

— Je ne sais rien d'eux, dit Beizun. C'est Ifania qui les a choisis ; je n'ai aucune raison de penser que ce ne sont pas des hommes honnêtes, désireux de mériter leur salaire.

— Moi, ils ne m'inspirent pas confiance, dis-je, et nous

décidons de garder à l'œil nos prétendus gardes du corps — nous saurons ainsi quels corps ils gardent et pourquoi.

Quand nous quittons l'auberge de Dargan, il s'est remis à pleuvoir, une pluie sinistre et pénétrante. Je préfère ce temps à la canicule et à la soif du désert, mais Beizun est hérissée comme un chat mouillé, et nous avançons côte à côte sans parler, enveloppées d'un morne silence. Le soir, nous campons, dressant nos tentes sous la pluie et dînant de pain et de fruits secs, puis nous allons nous reposer, postant nos gardes devant la tente. Beizun s'endort dans mes bras, mais je reste éveillée pendant des heures, redoutant une attaque, pour sombrer enfin dans le sommeil et me réveiller indemne. Même ainsi, je n'ai toujours pas confiance en eux, mais j'attendrai d'avoir une bonne raison de les accuser.

C'est le début d'une série de jours tous semblables, où nous marchons jusqu'à l'épuisement, endolories par la selle, et luttant contre le mal de mer que provoque le balancement de nos montures, campant le soir dans l'humidité (car maintenant, la saison des pluies bat son plein) au point que tous nos vêtements sont couverts d'une mince pellicule de moisissure, et que toutes nos provisions ont un léger goût de moisi. Je m'endors transie, et rêve de chaleur et de feu. Même la tiédeur du corps de Beizun contre moi ne réchauffe pas mes pieds glacés.

Après dix jours de ce régime, le soleil reparaît, et nous nous arrêtons pour mettre tous nos vêtements à sécher, étalés sur le sol, ordonnant aux gardes d'en faire autant pour le pain dans l'espoir qu'il perde son goût de moisi.

— Nous pourrons peut-être trouver du pain frais à la halte suivante, suggère Beizun.

— Il y a un grand souk à la prochaine ville, dit un garde. C'est la porte du désert.

Peut-être y trouverons-nous quelques femmes de guerre, me dis-je. Je fais part de cette idée à Beizun, qui répond :

— Peut-être. Mais nous n'avons guerre de chances de trouver des combattantes avant d'arriver à Rhadamuth ; nous sommes encore loin de ma cité.

— Puisse la pluie s'arrêter d'ici là, dis-je avec ferveur. L'humidité est si désagréable ; peut-être encore pire que la soif.

Il y a un caravansérail où les voyageurs peuvent dresser leurs tentes ; nos gardes plantent les piquets et tendent les toiles tandis que nous partons, Beizun et moi, à la recherche d'une auberge, dans l'espoir d'un repas chaud, et, là, devant les jattes de ragoût que nous avons commandées aussitôt, nous nous enquérons des écoles d'arts martiaux de la ville.

— Et qu'est-ce que vous ferez avec des hommes de guerre ? demande l'aubergiste. Le souverain de cette ville ne veut pas de soldats dans ses murs, à part ses propres gardes. Aucun mercenaire ne peut passer les portes, et si vous êtes des combattantes, je vous conseille de garder ça pour vous, ou vous pourriez bien vous retrouver dans ses cachots.

— Qu'est-ce qui m'a parlé d'un tyran pareil ? dit Beizun. Est-ce que cette loi s'applique aussi aux innocents voyageurs ?

— Oui. Il a peur que quelqu'un envoie une armée pour le déloger de son trône, alors il a décrété que personne ne peut entrer dans la cité avec une lame plus grande qu'un couteau de table. Quand vous irez dans la cité, vous devrez laisser vos épées à la porte.

Je dis à voix basse à Beizun :

— Alors, n'y entrons pas. Nous pourrons sans doute acheter ce qu'il nous faut au souk hors de la ville.

Mais Beizun est indignée.

— Il n'a pas le droit d'édicter une loi pareille, s'obstine-t-elle. J'ai envie de lui apprendre de meilleures manières.

Effectivement, quand nous nous présentons à la porte, la sentinelle nous demande de confier nos épées à sa garde.

— Plutôt mourir, dit Beizun avec colère. Je suis une femme libre de Rhadamuth, et aucun homme ne posera la main sur mon arme.

— Alors, promenez vos armes où vous voulez hors des murs, dit le garde, mais vous ne franchirez pas cette porte avec vos épées.

Beizun se détourne enfin, furibonde.

— L'arrogance de cet homme ! dit-elle. J'ai beaucoup voyagé, mais c'est la première fois que j'entends une chose pareille !

Pourtant, s'il n'y a pas d'écoles d'arts martiaux, nous

n'avons rien à faire dans cette cité, et nous dirigeons finalement vers le souk, à la recherche d'un gîte agréable ; nous n'avons pas eu un toit sur la tête depuis la nuit passée chez Dargan, et nous avons la nostalgie d'une chambre confortable, avec un grand lit, des draps secs et un bon feu.

Après avoir cherché une heure dans le souk, nous nous retrouvons dans la salle commune d'une auberge devant une soupe chaude, après avoir réservé une chambre où nous dormirons au chaud. Nous écoutons les clients discuter du souverain de la cité, qui a pour nom Kerrak, et de sa nouvelle politique impopulaire d'interdiction des armes dans les murs.

Assise les pieds tendus vers le feu, je somnole dans sa bonne chaleur. Un colporteur entre dans la salle, avec un plateau de bracelets et de babioles bon marché. Beizun l'appelle, et inspecte ses marchandises faites de petites pierres de couleur, qui n'ont rien de précieux bijoux.

— Tiens, ces pierres sont de la même couleur que tes yeux, Zadi, me dit-elle, et je prends les boucles d'oreilles qu'elle me montre, pâles boules de résine dorée.

— Tu as choisi l'unique article de valeur de ce plateau, dit le colporteur. C'est de l'ambre des forêts du Nord. C'est de l'antique sève d'un arbre ; regarde, elle contient encore un insecte pris dans la résine quand elle s'est solidifiée.

Cela me fait un choc ; soudain, je sais, l'ambre me renvoit des souvenirs.

— C'est mon nom, dis-je à voix basse et tremblante. Beizun, *Ambre* est mon vrai nom.

— Bel objet pour une belle femme, dit Beizun, et elle achète le bijou pour moi, palpant doucement les lobes de mes oreilles. Ils sont percés, ajoute-t-elle. Tu as dû porter des boucles d'oreilles avant ce jour, ma Zadi.

Et elle approche les ornements de mes oreilles.

Les trous sont à moitié fermés, et elle doit tourner et tortiller pour y introduire les crochets ; je proteste et gémis, mais elle trouve enfin la perforation, et ils glissent facilement.

Une fois que les boucles sont en place, je me sens bien et je les palpe légèrement.

— Ambre, dis-je, émerveillée, tripotant les boules de résine oscillant à mes oreilles. Je m'appelle Ambre.

Et au son de ce mot, une terrible angoisse m'envahit. *Je m'appelle Ambre*. J'avais toujours pensé que, si je me rappelais mon nom, le reste de mes souvenirs me reviendrait. Mais je ne sais pas davantage pourquoi je suis là, ni comment j'ai perdu mon nom et mon passé. Je m'assoupis en tripotant obstinément les boules lisses de mes oreilles, sachant que j'ai porté des boucles d'oreilles auparavant, formées de la substance dont je porte le nom. Mais où et quand, cela demeure pour moi mystérieux, aussi mystérieux qu'avant.

Nous nous attardons devant le feu, jouissant de sa chaleur, avant de rejoindre un lit bien sec. Après avoir dormi des jours sous une tente humide, dans des couvertures jamais complètement sèches, la seule idée d'un lit chaud et sec semble un luxe de rêve. Notre compagnie mutuelle nous suffit ; deux bergers s'approchent et nous offrent à boire, mais nous refusons poliment.

— Nous ferions peut-être mieux d'aller dans notre chambre, dis-je à Beizun après cette proposition. Des femmes seules dans une taverne, on pense toujours qu'elles cherchent des hommes.

— Alors ils apprendront à leurs dépens qu'il n'en est rien, réplique sèchement Beizun. Nous avons autant le droit qu'un homme de rester là, et le même droit de choisir notre compagnie !

Je sais qu'elle a raison, mais je redoute la confrontation. Je soupire, sachant qu'elle est plus courageuse que je ne le serai jamais. Je n'ai pas vraiment envie de boire, mais j'accepte un verre que je sirote lentement, tripotant sans cesse les boules d'ambre à mes oreilles, tandis que Beizun lève franchement le coude.

Une ombre tombe sur nous, haute silhouette en bottes et pantalons masculins, mais les longs doigts et la peau douce m'apprennent que ce n'est pas un homme.

— Me feriez-vous l'honneur de prendre un verre avec moi ? demande-t-elle. Et puis-je m'asseoir avec vous ?

— C'est une salle publique ; les sièges ne m'appartiennent pas, rétorque Beizun. Assieds-toi où tu veux.

L'étrangère s'assied près de moi sur le banc, et allonge ses longues jambes.

— Tout à l'heure, ne vous ai-je pas entendue protester

contre la loi interdisant les armes dans la cité ? demande-t-elle.

— Effectivement, dit Beizun. Loi idiote, à l'évidence inventée par un idiot ; car qui peut dire ce qu'est une arme ? Je connais des gens qui peuvent tuer avec une houlette de berger ; et cet imbécile interdira-t-il à toutes les petites grand-mères de marcher avec une canne ? Je suis instruite dans l'art de tuer à mains nues ; me les fera-t-il trancher aux poignets ? La loi permet un couteau de table ; mais je connais des hommes qui peuvent trancher la gorge d'un dormeur avec une lame pas plus longue que celle qui me sert à me couper les ongles. C'est une loi stupide.

— Je ne te contredirai pas sur ce point, dit l'étrangère. Je m'appelle Reri, et le tyran qui a imposé cette loi insensée à la cité est mon frère Kerrak.

— Frère ou non, c'est un imbécile, déclare Beizun, et Reri approuve de la tête.

— Pire que ça, c'est un usurpateur, dit-elle. Mon père n'avait pas de fils légitime et je suis sa seule fille légitime ; quand mon père est mort, Kerrak a payé quelques conseillers pour affirmer qu'aucune femme ne pouvait légalement succéder à mon père — bien qu'il y ait eu beaucoup de reines dans l'histoire d'Arkavan, la dernière étant ma propre grand-mère. Corrompus par Kerrak, ils m'ont fait exiler de ma propre cité — j'aurais été tuée, mais j'ai échappé à ce sort parce que beaucoup d'anciens de la ville se rappelaient le gouvernement de ma grand-mère, et auraient préféré une reine à un roi. Ils m'ont dit que je devais m'estimer heureuse d'avoir échappé à la mort ou à la prison. Et maintenant, j'apprends que cette loi stupide interdit toutes les armes dans la cité. Mon frère est lâche aussi bien qu'idiot.

— Il craint que toute personne portant des armes ne puisse menacer son pouvoir ?

— Je ne vois pas d'autre raison, dit Reri. Il sait que je me bats mieux que lui, et que si je le défiais en combat singulier, l'issue en serait connue d'avance. Depuis notre enfance, je l'ai toujours battu à plate couture, à mains nues ou avec n'importe quelle arme. Il le sait, et craint de perdre la face si nous nous battions en public.

— Curieuse histoire, remarque Beizun. Mais je me

demande pourquoi tu nous la racontes — à moins que tu ne la racontes à tous les étrangers ?

— Non, mais j'ai vu à vos armes que vous êtes des guerrières, dit Reri, et j'ai pensé que vous auriez peut-être de la sympathie pour une femme injustement chassée de sa place légitime.

— Même si nous sympathisions totalement avec toi, dit Beizun, à quoi cela t'avancerait-il ? Et en supposant que nous parvenions à entrer nos armes en contrebande dans la cité, Zadieyek et moi — et ta querelle n'est pas la nôtre —, comment deux femmes seules pourraient-elles reprendre la cité à Kerrak ? Sois raisonnable, Reri.

— Dis-moi d'abord si vous êtes des mercenaires.

Cette fois, c'est moi qui réponds :

— Non ; nous sommes des esclaves d'Ifania, qui est parente de l'Akharet de Jemmok. Et nous cherchons des gladiatrices qui combattront pour elle dans l'arène.

— Vous n'en trouverez aucune ici, nous dit Reri, car mon frère a aussi banni tous les maîtres d'armes et d'arts martiaux, disant que c'est une cité de paix.

— La paix est une bonne chose, dit Beizun, mais dans une contrée comme celle-ci, ce pourrait être une folie ; suppose que le pays soit envahi maintenant qu'il a désarmé tous ses citoyens ?

— Si cela arrive, il est perdu de toute façon, dit Beizun, car son peuple ne l'aime pas et ne se battra pas pour lui.

— Cela semble sans espoir, dit Beizun. Je trouve que tu ferais aussi bien d'aller dans une autre cité pour y tenter ta chance, Reri.

— Je n'abandonnerai pas le peuple de mon père aux mains de ce tyran, dit Reri, têtue.

Je trouve qu'elle n'a pas le choix, et je le lui dis.

— Tu aurais besoin d'une puissante armée, dis-je. Tu as un plan ?

— Je dois d'abord trouver des combattants pour ma cause, dit Reri, et, quand j'aurai repris la cité, je m'occuperai de mon frère.

Sur ce, nous souhaitons bonne nuit à Reri et nous regagnons notre chambre.

Chapitre VIII

Le lendemain matin de bonne heure, nous trouvons Reri dans la salle commune, et, tandis que nous déjeunons d'œufs et de melon frais achetés au souk, Beizun hasarde :

— Tu cherches des combattantes, et nous aussi. Pourquoi ne pas voyager ensemble ?

— Accepté, dit Reri. Car j'avais l'intention d'aller à Gyre et à Rhadamuth, où il y a une longue tradition de femmes de guerre. Vous cherchez des femmes qui combattront dans l'arène pour la gloire ; j'en cherche qui se battront pour de l'or dans la reconquête de la cité. Je ne vois pas pourquoi une femme — ni, d'ailleurs, un homme — devrait choisir l'arène à moins que l'autre solution ne soit la mort, ou pire ; si votre vocation est de vous battre, pourquoi ne pas le faire en vue d'une récompense plus forte que celle de l'arène ?

— Je suis d'accord avec toi, si l'on a le choix, dit Beizun. Mais Zadieyek n'a pas eu le choix, et moi, j'ai préféré l'arène à l'autre possibilité qui m'était offerte.

— Si j'avais été à votre place, peut-être aurais-je fait comme vous, dit aimablement Reri. Croyez-moi, mes amies, loin de moi l'idée de dénigrer votre décision.

— Tu m'en vois ravie, dit Beizun avec un geste menaçant, car nous ne sommes pas entrées dans la ville, et nous avons toujours nos armes.

Nous tombons d'accord pour voyager ensemble, au moins jusqu'à Rhadamuth, la cité natale de Beizun, à l'autre bout du grand désert. Le cœur me faut au souvenir du cauchemar de la captivité, de la soif et du viol et à la pensée de retraverser le désert, même en compagnie de ces deux vaillantes femmes, dont l'une est mon amie et mon amante.

Reri est familière du désert ; sous sa direction, nous faisons quelques achats au grand souk : outres de toile grossière qui maintiendront l'eau au frais, fourrage spécial pour nos montures, tente légère pour ne pas suffoquer dans les nuits chaudes du désert. Elle est présentée aux deux gardes du corps qui nous restent. Ils la dévisagent avec curiosité, n'ayant jamais vu, je suppose, une femme, même une femme de guerre, en habits d'homme. Pour sa part, Reri s'équipe d'une épée et d'un bâton de combat. Les bonnes armes ne manquent pas hors les murs de la cité.

Tout est enfin prêt ; nous emportons nos achats et nous nous engageons sur le sentier rocailleux conduisant au grand désert. Sous l'arcade de brique abritant l'entrée du souk, nous montons sur nos bêtes, embrassant du regard cette immense étendue de terre stérile, dépourvue de toute végétation et de toute trace d'occupation humaine. Pour nu et inhospitalier que cela me paraisse, avec la piste à peine marquée dans le sable qui sinue jusqu'à l'horizon lointain, Beizun semble à son affaire ; c'est sa contrée natale, et elle en hume l'air chaud et comme s'il était imprégné de senteurs rares, secoue les rênes de sa monture et prend la tête de notre caravane.

Il fait chaud, la marche est épuisante, et, comme on m'a conseillé d'économiser l'eau, ma gorge est bientôt douloureusement sèche. Je mets une pièce dans ma bouche et je la suce pour humidifier mes lèvres ; la peur de la soif est pire que la soif même. Le soleil brûlant martèle ma tête couverte, et mes cheveux sont trempés de sueur. Nous nous arrêtons quand le soleil est au zénith, pour manger du pain et des fruits secs, et boire modérément ; la chaleur me coupe l'appétit, et Beizun me conseille de consommer de la viande salée.

— Tu perds du sel dans la sueur, et c'est ça qui te rend malade, me gronde-t-elle. Mais il faut manger.

— Regardez, dit Reri, tendant le bras vers le sud, le soleil est couvert de nuages ; peut-être qu'il fera bientôt plus frais.

Beizun regarde vers le sud, plus livide que je ne l'ai jamais vue.

— Ce ne sont pas des nuages, dit-elle. C'est du sable

— l'infernal vent de sable du désert. Ceux qu'il surprend ne survivent pas.

Elle fait signe aux gardes de décharger et monter la tente.

— C'est sans doute notre seul espoir.

Les hommes se moquent de nos craintes, et Beizun finit par dresser la tente elle-même, y traîne nos provisions d'eau et de vivres, et, avant que nous ayons terminé, de violentes bourrasques de sable nous empêchent presque de respirer.

— Dans la tente, vite ! ordonne Beizun. Les bêtes sont nées sous ce climat, mais rien d'humain ne peut survivre.

Ignorant leurs protestations, elle empoigne les gardes et les pousse à l'intérieur.

Même dans la tente, l'air est déjà si chargé de sable que la respiration est difficile. Nous trempons nos voiles dans de l'eau et nous nous en couvrons les yeux et le nez pour les protéger des grains siliceux, mais le tintamarre est tel que nous ne nous entendons pas parler ; le vent secoue la tente comme un tremblement de terre, et, au plus fort de la tempête, une bourrasque plus violente arrache la toile à ses piquets, et la tente nous tombe dessus et nous enterre sous ses plis, à moitié étouffés. Je me débats pour me dégager, mais le poids suffocant de la toile m'accable. Quand je parviens enfin à sortir la tête, elle se trouve prise dans un maelström de sable d'une telle force que je ne m'étonne plus que la tente se soit effondrée ; ce qui m'étonne plutôt maintenant c'est qu'elle ne se soit pas envolée sur les ailes du vent.

Je me renfonce précipitamment sous l'étoffe, et les heures se traînent — des heures de vent rageur et de bourrasques féroces. C'est le cauchemar de mes premiers jours qui recommence ; je suis quelque part dans la nuit suffocante, la gorge à vif de soif et de sable, des mains me tripotent dans le noir et je hurle dans l'ancienne panique retrouvée.

Feu blanc qui me fend la tête, mains qui me tripotent — cauchemar ininterrompu de soif, de chaleur et de viol...

— Zadi ! Silence, tout va bien...

Dans l'obscurité étouffante, je reconnais la voix et les mains de Beizun, mais il me faut un moment avant de maîtriser les gémissements saccadés qui s'échappent de mes lèvres. Quand serai-je libérée de cet ancien cauchemar ?

Quelque part dans les couloirs du passé, j'entends une voix crier un nom dont je sais qu'il est le mien. « Ambre ! Am-bre ! », mais là s'arrête le souvenir, à l'appel d'un nom dans lequel j'imagine de l'amour et de la nostalgie. J'essaye désespérément de mettre un nom et un visage sur la voix, mais je ne trouve rien, il n'y a que la voix d'un fantôme solitaire dans la chambre de résonance hantée qui me sert de passé, une voix appelant mon nom.

Beizun tient ma main dans l'obscurité terrifiante, s'efforçant vainement de me calmer, de me réconforter. Quelle amie j'ai trouvée en elle !

— Qu'est-ce qu'il y a, Zadi ? Pourquoi hurlais-tu ?

Je balbutie :

— Les vieux... souvenirs... du désert...

— Allons, allons, n'y pense plus. Tu es avec moi, et je ne laisserai personne te toucher, promet-elle.

Je halète dans les plis de la toile qui nous enveloppe, cherchant à avaler une goulée d'air.

La tempête est passée ; l'air n'emplit plus mes poumons de sable. Nous sortons en rampant de sous la tente, et nous nous trouvons devant un spectacle terrifiant : toute trace de la piste a disparu, nous sommes seules dans une immensité sans repères.

Les hommes soulèvent la toile et la secouent. Les vivres et l'eau précieuse semblent indemnes ; les bêtes sont debout, croupes tournées vers le vent, tranquilles, comme si aucun vent né dans le désert ne pouvait les troubler. Nous avons survécu sans dommage au vent infernal.

Mais la piste a disparu ; ne subsistent que l'océan de sable et les étoiles au-dessus de nos têtes.

— Ne vous inquiétez pas, dit Beizun. En suivant le soleil levant, nous sommes sûrs de retomber sur la piste.

— Et il est minuit passé, dit Reri. Je le vois aux constellations. Le soleil se lèvera dans quelques heures.

Il est bien trop tard pour dormir. Les hommes plient la tente, chargent les bêtes, allument un feu, et nous mangeons. Tout sent la poussière, et mes dents grincent sur des grains de sable. L'eau avec laquelle j'essaye de les laver a un goût de cuir, mais, au moins, c'est humide. Reri et Beizun, levant l'outre de vin, en boivent des lampées à la régalade, mais, quand je veux les imiter, son acidité me répugne et je le recrache. Le poids de mes armes me fatigue. Beizun et moi, nous chargeons nos épées et nos boucliers sur l'une des bêtes. Les hommes, qui ont fini de charger, viennent s'accroupir près du feu. Reri leur sert à manger, leur tend l'outre de vin à moitié vide et leur dit de la vider, et je ne les envie pas.

Une pâle rougeur au bord du ciel nous indique où le soleil se lèvera ; Beizun la montre et dit :

— Voilà le chemin de Rhadamuth !

Nous nous mettons en selle avec lassitude, tournons vers l'est nos dociles montures, et reprenons notre voyage.

Je suis fatiguée, et j'ai le postérieur endolori par les longues heures passées sur la haute selle de bois. L'odeur du sable du désert ramène mes pensées à ce premier voyage. J'ai eu plus de chance que je ne le pensais ; à la suite des viols répétés, j'aurais pu tomber enceinte de l'un de ces hommes dont j'ai résolument chassé de mon esprit les visages féroces. Cela m'aurait empêchée de devenir gladiatrice ; et je n'aurais pas non plus fait de vieux os dans la prostitution, je suppose. Je n'aurais jamais cru qu'un jour je m'estimerais chanceuse. Pourtant ce matin, tandis que le soleil se lève, je pense que j'ai de la chance d'avoir une maîtresse qui m'aime, une amie comme Beizun, et même, dans une certaine mesure, la liberté.

Et maintenant, j'ai aussi un nom, venu d'avant le feu blanc qui divise ma vie. Ambre. Je tripote les boules de résine vitrifiée à mes oreilles, et je réfléchis à ce nom. Pourtant, je crois que je serai toujours Zadieyek pour Beizun, comme je le suis dans l'arène.

C'est un beau nom. Pourtant, quand j'arriverai à Gyre, j'y trouverai peut-être des amis, de la famille, une mère même ou un ancien maître — en supposant que je sois esclave — qui me disputeront à Ifania. Savoir que j'ai de la valeur est réconfortant pour moi. Je me balance sur ma selle, somnolente, et je me réveille d'une secousse juste avant de tomber. Cette nuit sans sommeil ne m'a pas fait de bien. Reri, quant à elle, a maîtrisé l'art de dormir en selle, en s'adaptant au balancement de sa monture, et, au bout d'un moment, je parviens à l'imiter, rajustant automatiquement ma posture de moment en moment sans sortir de mon sombre rêve.

Je me réveille, les yeux vitreux de fatigue quand ma monture s'arrête, et que l'animal s'agenouille pour me permettre de démonter. Je donne une claque amicale à la bête qui tourne la tête, et, pour ma peine, elle me mord au poignet. Reri insiste pour laver la morsure au vin, qui me pique, et me faire un pansement avec un morceau de serviette. Comme je suis handicapée par cette plaie, mes compagnes me demandent de rester au campement, pendant qu'elles escaladent une colline voisine afin de chercher des repères pour la journée du lendemain. Je me rince les yeux avec une partie de la précieuse tasse d'eau à laquelle chacun a droit ; cela vaut la peine de sacrifier un peu de boisson pour voir clair, sans sable qui me racle l'intérieur des paupières.

Beizun revient en courant, triomphante.

— Bénissons l'homme qui a construit cette piste si droite ! crie-t-elle. Nous ne sommes pas à plus de mille pas de la piste qui va tout droit à Rhadamuth !

Les hommes déchargent les bêtes, entassant leurs fardeaux dans la tente qu'ils montent. Quand nous avons avalé notre viande séchée quelques fruits, et presque étanché notre soif avec notre unique tasse d'eau, nous nous allongeons pour dormir, les trois femmes dans une tente, les gardes dans l'autre. Juste comme je vais sombrer dans le sommeil de l'épuisement, je me rappelle que nos armes sont dans la tente des hommes. C'est la première fois, depuis mon arrivée à la Maison du Destin, que je dors sans avoir mon arme à portée de la main, et cela me trouble.

Mais puisque Beizun et Reri se sont endormies sans inquiétude (et s'il y avait du danger, elles le sauraient), je me dis que je suis trop prudente et je finis par m'endormir aussi.

Je me réveille, et, pendant un instant, je ne sais plus où je me trouves ni qui je suis ; je remue paresseusement, et une lourde main me couvre la bouche. Je suffoque, je me débats, et je sens le tranchant du couteau sur ma gorge.

— Ne bouge pas ! grogne une voix dure. On ne veut pas te tuer, tu es trop belle pour ça. On veut juste s'amuser un peu. Halet, attache la rouquine et celle habillée en homme. Et celle-ci, on va rigoler avec ; elle est trop jolie pour se battre !

Je me débats en silence, essayant de mordre. Halet jure quand Beizun se réveille pendant qu'il la ligote et lui donne un coup de poing en pleine figure. Furieux parce que son nez saigne, il serre terriblement les cordes et j'entends Beizun jurer entre ses dents.

Maintenant, la main de celui qui me tient déchire ma chemise et m'écarte les cuisses. J'arque frénétiquement mon corps, et lui décoche un coup de pied à l'endroit le plus sensible. Il hurle en se tenant les parties et recule, chancelant, dans le noir. Avec mon poignet douloureux, je me mets péniblement debout, et, quand il revient sur moi, je retrouve une science insoupçonnée dans mes mains et mes bras ; sans pensée consciente, je frappe, et j'entends son cou se briser dans un craquement. L'autre, agenouillé maintenant près de Beizun, se retourne et avance sur moi, et je découvre que je l'ai projeté à travers la tente d'un geste qui fait fulgurer un élancement terrible dans ma main blessée. La lune éclaire le sol de la tente ; Reri s'assied et me fixe avec consternation.

— Tu les as tués, accuse-t-elle.

— Ils voulaient nous assassiner, ou au moins nous violer, dis-je. Pouvions-nous les emmener, captifs, jusqu'à Rhadamuth ?

Beizun demande :

— Que va dire Ifania ?

— Quand elle saura ce qu'ils voulaient faire, dis-je, elle comprendra.

Ensemble, nous traînons les morts hors de la tente et nous nous rendormons. Quand je me réveille, le soleil brille, et nous entamons un nouveau jour dans le désert. Nous abandonnons les cadavres aux charognards de cette mer de sable.

— Ce soir, annonce Beizun, nous devrions dormir dans les murs de Rhadamuth.

En fait, il est à peine passé midi quand, au bord de l'horizon, nous apercevons la muraille basse encerclant la cité natale de Beizun.

— Là, pas question d'absurdités, on ne nous retirera pas nos armes, dit Beizun, et c'est vrai.

Aux portes de la ville, les gardes, formidables d'allure, sont des femmes, et, un instant, levant les yeux sur elles, je suis troublée ; puis je me rappelle que, sans même réfléchir, j'ai tué les deux gardes. Je pourrais en faire autant avec elles, même armées comme elles le sont. Jusque-là, je n'ai jamais accordé la moindre pensée à mes dons de combattante ; maintenant, je découvre qu'il y a en moi une machine à tuer bien réglée. Pourquoi ? Et où ai-je acquis les talents qui m'ont permis, dès le premier jour dans l'arène, de tuer mon adversaire ? Pire encore, si j'avais en moi ces talents, pourquoi, lors de cette première traversée du désert, me suis-je laissé violer, et ai-je supporté, captive, la faim, la soif et l'avilissement ? Mon esprit est en pleine confusion. Je finis par décider, après avoir retourné mille fois la question dans mon esprit, que le feu blanc qui me fend la tête devait être une explosion au cours de laquelle j'ai été blessée, et qui m'a fait oublier mes techniques de combat jusqu'à ce que la tension les fasse resurgir à la Maison du destin. Je me demande si *Ambre* est un nom répandu à Gyre où, crois-je comprendre, toutes les femmes sont instruites dans l'art du combat et de l'autodéfense.

Mais les femmes-soldats de Rhadamuth me donnent, je ne sais pourquoi, une impression de droiture et d'honnêteté que je n'ai jamais ressentie dans l'arène. A la Maison du Destin, j'étais toujours rongée par une indignation inconsciente qui disait, au tréfonds de moi : *Les gens ne devraient pas avoir à faire ça pour vivre.*

Je ne ressens pas cette révulsion intérieure devant les femmes-soldats que je rencontre, armées, aux portes de Rhadamuth. J'éprouve plutôt une franche admiration. L'une d'elle reconnaît Beizun, se précipite sur elle et la serre dans ses bras. Elles sautent et dansent, toujours enlacées, et finalement Beizun se souvient de nous et nous présente comme de vieilles amies. La femme-soldat s'appelle Kezia, et Beizun nous dit qu'elles sont amies depuis toujours.

— Nos mères étaient enceintes ensemble et nous ont couchées dans le même berceau ; nous sommes comme des sœurs, dit-elle. Kezi, je te présente Zadieyek, gladiatrice dans l'arène de Jemmok.

— L'Akharet observe-t-il toujours cette détestable coutume de réduire tous les étrangers en esclavage pour les faire combattre dans l'arène ? demande Kezia.

— Oui. Mais moi, je me suis vendue à l'arène pour éviter d'aller dans les mines de cuivre, lui dit Beizun, et Kezia fronce les sourcils.

— Tu as encore perdu au jeu ? Je t'ai dit qu'un jour ce serait ta perte, l'admoneste Kezia.

— Ne me gronde pas, ma sœur, dit Beizun. Je suis libérée de l'arène, au moins pour le moment, car Zadi et moi, nous avons été vendues à Ifania, une fanatique de l'arène, qui a une passion pour les gladiatrices et nous envoie ici pour recruter des combattantes. Et voici Reri, qui voyage avec nous, et qui, comme nous, cherche des femmes — pas des esclaves, des mercenaires — pour reconquérir sa cité.

Elle résume sommairement l'histoire de Reri, et, tandis que Kezia écoute, appelant ses camarades pour qu'elles entendent aussi son récit, je me demande si je suis originaire de Rhadamuth, tant je me sens bien avec ces femmes. J'ai envie de lui demander si une femme s'appelant Ambre n'a pas disparu de la ville.

Mais quand je trouve enfin le courage de lui poser la question, elle me regarde avec bonté et dit qu'elle n'a jamais entendu ce nom.

— Ainsi, tu as perdu la mémoire mais conservé le souvenir de tes techniques de combat ? J'ai entendu parler de cas semblables ; le corps se rappelle ce que l'esprit a oublié, dit-elle en m'embrassant. Si Beizun est ton amie, alors tu es aussi la mienne et ma maison avec tout ce qu'elle contient est à toi. Et de plus, toute combattante est ma sœur. Quant à toi, Reri, je ne peux pas aller me battre pour ta cité, car j'ai prêté serment à la mienne, mais nous trouverons peut-être quelques femmes de guerre qui sont libres et qui pourront t'aider à recouvrer ton héritage.

— Je le regrette sincèrement, dit Reri, car j'aurais aimé que tu sois la première dans mon armée ; mais je respecte ton serment. Et j'accueillerai à bras ouverts toutes tes amies, en leur garantissant une bonne solde et beaucoup d'occasions de luttes et de pillages.

— Et maintenant, dit Kezia, après la traversée du désert, vous devez être épuisées et assoiffées. Notre taverne habituelle vend toujours la meilleure bière de ce côté de Gyre, et le tavernier nous accueille à bras ouverts.

Elle s'arrange avec une camarade qui la remplacera — elle est une espèce de caporal ou de sous-officier dans la garde — et nous conduit à la taverne.

A l'intérieur, il fait frais, et on nous apporte de grands pichets de bière, et aussi, quand je refuse la bière, une boisson fraîche au citron ; rien dont je me souvienne ne m'a jamais semblé si bon. Après la soif du désert, je bois jusqu'à avoir l'impression que le liquide va ballotter dans mon ventre quand je marcherai.

Nous convenons qu'après nous être reposées un peu, nous ferons la tournée des écoles d'arts martiaux de Rhadamuth. Le soleil commence à décliner, et nous avançons au milieu des ombres qui s'allongent. Je marche entre Beizun et Kezia, à l'aise et sereine.

Dans la première école, je ne vois que des femmes. La propriétaire éclate de rire quand je demande pourquoi il n'y a pas d'hommes. Elle dit :

— Je ne prends jamais d'élèves mâles, car toutes les sages-femmes et toutes les mères savent que les garçons meurent plus facilement que les filles, lesquelles sont plus hardies quand elles sont enfants, et plus fortes à l'âge adulte.

Et elle ne pense pas non plus que les hommes fassent des combattants satisfaisants.

Cela me paraît raisonnable. Dans notre tournée des écoles, nous trouvons une femme qui accepte de combattre dans l'arène de Jemmok, bien que sa mère et la directrice de son école soient atterrées. Elle est attirée par l'or et les bijoux qu'elle gagnera, et aussi par l'idée que — s'ils vivent — la plupart des gladiateurs rachètent leur liberté, fortune faite, au bout de trois ans. Elle veut bien risquer trois ans de sa vie pour s'enrichir ; je pense que c'est une imbécile.

— Tu l'as bien fait, me dit-elle.

— Je n'avais pas le choix, à moins de devenir putain, mais toi, tu as une vie décente ici.

— Pourtant, dit-elle, je ne serai ni la première ni la dernière à risquer la mort en échange de la gloire et de la fortune.

Et je sais que c'est vrai. Rien que je puisse dire ne parvient à la dissuader.

Mais, une fois terminé le tour des neuf écoles d'arts martiaux de la cité, nous n'en avons pas trouvé d'autre. Aucune femme acceptant de combattre comme mercenaire pour le royaume de Reri. Je me demande si les hommes d'ici trouvent aussi étrange de voir des hommes combattants que j'ai trouvé étrange de voir des femmes dans l'arène à l'arrivée de Beizun.

Nous convenons de passer la nuit à la caserne en qualité d'invitées de Kezia. Nous déciderons plus tard quand, commencera le long voyage pour Gyre.

Chapitre IX

Kezia et Reri nous attendent à la caserne, et Reri fulmine parce qu'elle a entendu une histoire fantastique à la taverne.

— Ces gens voulaient nous faire croire que le monde tourne autour du Soleil, dit-elle avec un rire méprisant. Mais n'importe quel imbécile peut voir que le Soleil se lève le matin et se couche le soir, et donc que c'est lui qui doit tourner autour de nous.

Immédiatement, je comprends ce que cela signifie.

— Pourtant, le monde tourne effectivement autour du Soleil, dis-je. Je peux te le prouver.

Je prends un fruit sur le buffet et j'y plante une épingle.

— Regarde, nous sommes là, et Beizun... prends la lampe... tu es le Soleil, dis-je, et je me mets à tourner lentement autour d'elle, pointant le doigt dans sa direction. Tu vois, on dirait que le Soleil se lève et se couche sur le monde, mais c'est l'inclinaison de l'axe de la planète qui crée le jour et la nuit.

Je prends une brindille charbonneuse dans la cheminée, et je dessine par terre un grossier diagramme du Soleil et des orbites planétaires, tiré de quelque souvenir inconscient où Soleil, planètes et lunes tournent les uns autour des autres. Je me rappelle même le nom qu'on donne à un tel dessin ; on appelle ça un planétaire. Mais je ne me rappelle rien de plus. Comment se fait-il que je me souvienne de ce mécanisme compliqué, alors que j'ai oublié mon nom et mon lignage ?

Reri me regarde avec stupéfaction et dit :

— A la cour de mon frère, il y avait un philosophe qui disait quelque chose d'approchant. Où l'as-tu appris ?

Soudain, je me revois, petite fille, dans une pièce pleine d'autres enfants, regardant une institutrice qui nous explique le mécanisme avec un fruit et une bougie, comme j'ai fait avec Beizun et Kezia. Je dis :

— On me l'a expliqué quand j'étais petite.

Puis l'ancienne frustration revient ; pourquoi ne puis-je pas me rappeler où et comment ? Comme le son du nom *Ambre*, la réponse est cachée dans ce passé inconnu qui a précédé l'explosion de feu blanc qui a divisé ma vie en *avant* et *après.*

Trouverai-je à Gyre quelque indice de mon passé inconnu, indevinable ? Même intérieurement, je n'ose pas poser la question de ce que je deviendrai si je ne trouve rien.

Nous décidons de partir pour Gyre dans deux jours ; nous devons renouveler nos provisions, et aller au marché de Rhadamuth vendre l'une de nos bêtes qui est grosse, pour la remplacer par une plus vigoureuse. Pendant le marchandage, une femme s'approche de nous, enveloppée d'un épais manteau et de voiles. Elle demande à Beizun :

— Brave femme-soldat, vas-tu dans le désert ?

— Question raisonnable à voir ces animaux, dit Beizun. Mais non, nous allons à Gyre.

— Combien d'or demanderiez-vous, poursuit-elle, pour me laisser vous accompagner ?

Beizun me regarde, l'air interrogateur ; j'approuve de la tête, et la femme dit :

— J'ai désespérément besoin d'atteindre la cité de Gyre pour retrouver mon mari.

— Ce n'est pas une question d'or, dit lentement Beizun. Mais nous voyageons vite. Peux-tu chevaucher à un train soutenu ?

— Oh oui, dit-elle vivement, au train que vous voudrez !

Quelque chose dans la façon dont elle détourne les yeux en parlant m'avertit qu'elle ment. Je me demande si le mensonge concerne l'existence du mari ou son expérience de la monte.

Enfin, que ce soit l'un ou l'autre, nous l'avons maintenant sur les bras ; elle va chercher ses affaires.

— Un seul sac, l'avertit Beizun avec sérieux. Nous ne pouvons pas nous encombrer de beaucoup de bagages.

Et elle accepte docilement, le visage toujours caché derrière ses voiles.

Quand nous en parlons à Reri, elle fulmine, et propose de partir le lendemain à l'aube pour éviter de la traîner avec nous.

— D'ailleurs, qui est cette femme, et pourquoi devons-nous l'emmener avec nous ?

Nous ne savons rien d'elle, à part le nom qu'elle nous a donné : Mikhala. Nom peu répandu, mais elle semble aux abois.

— Beizun, l'inconvénient avec toi, c'est que tu as le cœur trop tendre, toujours prête à fondre devant une belle fille.

— Et même si c'est le cas ? dit Beizun. Suppose que nous ayons refusé que tu voyages en notre compagnie ?

— Pourquoi m'auriez-vous refusée ? demande Reri, avec l'inconsciente arrogance d'une reine.

Mais reine, bien sûr, elle l'est...

— Quelle importance ? Nous ne sommes pas tellement pressées, après tout. Deux ou trois jours de plus comptent peu pour nous ou pour Ifania, si nous trouvons les gladiatrices qu'elle désire. Même si cette femme monte mal, cela ne fera guère de différence. Pourquoi ne pas lui témoigner la même gentillesse que nous souhaiterions trouver pour nous chez les autres ? Elle n'a pas envie de voyager avec une caravane d'hommes — ou aurais-tu oublié le sort que nous réservaient ces prétendus gardes du corps engagés par Ifania pour nous protéger ?

— Zadieyek a raison, dit Beizun. Nous aurons largement le temps de chercher des gladiatrices pour la Maison du Destin, et des mercenaires pour reconquérir ton royaume. La vraie philosophie, c'est de faire aux autres ce qu'on voudrait qu'on nous fasse à nous-mêmes.

— Je n'aurais pas traité ces gardes du corps de cette façon... en vérité, ce qu'ils avaient prévu pour nous, c'était ce qu'ils désiraient, alors que ce que nous désirions, c'était qu'on nous laisse tranquilles, nous rappelle Reri, mais je proteste.

— Cette femme est petite et grosse, argumente Beizun, et je doute qu'elle sache se battre. Et même si c'était le cas et qu'elle nous attaque, Zadieyek, qui est la plus petite de nous trois, l'enroulerait autour de son petit doigt sans même s'essouffler.

Ainsi admonestée, Reri hausse les épaules et dit :

— Tant qu'elle ne me demande pas de porter ses bagages, ou de surveiller trois douzaines de malles...

Mais quand nous nous retrouvons le lendemain matin aux portes de la cité, Mikhala est là avec une monture grassouillette et un unique sac qui, quand je le place sur la croupe de sa bête, semble ne contenir que des vêtements... plus de vêtements qu'il n'est nécessaire à une petite femme pour un tel voyage, mais qui suis-je pour en juger ? Ma garde-robe consiste en quelques tuniques de combat pour l'arène, et Beizun n'a guère plus. Sous le gros manteau de voyage qui la cache, je vois fugitivement briller de la soie, et je devine que, sous l'épaisse étoffe, elle est aussi élégamment vêtue qu'Ifania elle-même. Cela me semble étrange pour un voyage en terre étrangère ; je regrette de ne pas avoir le courage, comme Reri, de porter bottes et pantalons fonctionnels. Contrairement à celle qui mène au désert, la route est bien construite, avec un bon revêtement, assez large (et assez plane) pour qu'un attelage d'ânes puisse y tirer une charrette à quatre roues, et, effectivement, avant la fin du jour, nous en croisons une, qui avance lentement dans un bruit de tonnerre, si lente et si encombrante que nous sommes forcées de piétiner derrière jusqu'à ce que nous parvenions à la dépasser à un endroit où la chaussée s'élargit.

— Voiture de dame, dit Mikhala en frissonnant. Imaginez que vous êtes une dame obligée de se déplacer, claquemurée là-dedans, secouée à en perdre le souffle !

Je ne pense pas que cela me conviendrait non plus, mais je n'ai pas souvenir d'avoir voyagé dans un tel véhicule, alors, je ne peux rien dire. De toute façon, nous laissons bientôt la voiture derrière nous, et elle disparaît à notre vue. Mais quelque chose me titille l'esprit ; je n'ai peut-être jamais voyagé dans une voiture tirée par des ânes, mais j'ai comme le vague souvenir de quelque véhicule sans fenêtres, encore plus clos que cette voiture. Des fragments de souvenir refont surface, venant de l'époque mystérieuse ayant précédé l'explosion et le feu qui a coupé ma vie en deux. J'ai presque peur d'en parler à Beizun ; mais le soir, sous la tente, je me blottis contre elle et je lui murmure mes craintes ; crainte de ne pas retrouver la mémoire à Gyre, crainte de ne la retrouver nulle part...

Elle m'apaise par des caresses, et je lui confie ma plus grande terreur : découvrir que je suis l'esclave d'un homme qui pourrait faire de moi une putain.

— L'idée d'un homme est-elle donc pour toi si terrifiante, ma Zadi ? me demande-t-elle doucement, et, à cause de la façon dont j'ai été traitée lors de cette première traversée du désert, je ne peux que me cramponner à elle en tremblant, sans même la force de confesser ma peur.

— Mais tu ne devrais pas les redouter ; les hommes ne te feront pas de mal, et la plupart n'ont aucun plaisir à prendre une femme qui se refuse, me rassure-t-elle. Tu as eu la malchance de rencontrer des canailles, ma chérie, mais la plupart son bons et inoffensifs.

Je trouve cela difficile à croire, et j'objecte :

— S'il en est ainsi, pourquoi recherches-tu des femmes pour faire l'amour ?

Elle rit et m'avoue qu'elle ne peut pas l'expliquer.

— J'ai toujours été différente des autres femmes, dit-elle. La plupart se plaignent davantage de l'indifférence des hommes ou de leur abandon que de leurs attentions. Et si tu appartenais à un homme, en qualité d'épouse ou d'esclave, peut-être que tu éprouverais du désir pour lui.

L'idée de désirer un homme me semble encore plus étrange et effrayante que le fait d'être violée comme je l'ai été. Je deviendrais ainsi totalement étrangère à moi-même, tant cette aversion est devenue partie intégrante de ma vie.

Le désert s'arrête à Rhadamuth, et, depuis que nous avons quitté la ville, j'observe le paysage avec étonnement. Nous traversons une région de collines, chacune un peu plus haute que la précédente, et, parfois, arrivées au sommet, nous apercevons de hautes montagnes dans le lointain. Je me demande si ces chaînes magnifiques appartiennent au pays de Gyre, et si la nostalgie et l'admiration que je ressens à leur vue signifient qu'elles font partie de mon pays. Car Reri et Beizun trouvent leur vue froide et déprimante ; elles n'éprouvent aucune attirance pour ce lointain panorama de pics déchiquetés.

La route est construite de gros blocs de pierre, et je demande un jour qui l'a construite.

Ceux qui ont vécu des années et des années avant nous, me dit Beizun, un ancien empire qui avait conquis tout le territoire s'étendant entre Rhadamuth et Gyre ; cela aussi me semble vaguement familier, bien que je n'aie aucun souvenir spontané des noms qu'elle me cite.

Nos montures avancent vite sur cette chaussée régulière, mais les craintes de Beizun au sujet de Mikhala se justifient bientôt. Elle monte mal ; elle prend du retard sur nous, tellement que nous craignons parfois qu'elle ne nous perde totalement de vue. Mais elle n'abandonne jamais sa bonne humeur, quoique je me demande comment elle peut continuer à s'emmitoufler dans son manteau et ses voiles qui dissimulent à quel point elle est petite et grosse. Pour moi, la chaleur est terriblement pénible, et je ne porte que la plus mince de mes tuniques — comme Beizun — car il n'y a ici aucun homme pour nous voir et peut-être nous convoiter. De temps en temps, je chevauche près de Mikhala et je l'encourage à presser l'allure. Sous la capuche qui la protège du soleil, je vois son visage congestionné et couvert de sueur, mais, malgré mes encouragements, elle refuse d'ôter son lourd manteau.

Elle me raconte peu de sa vie, sauf qu'elle rejoint à Gyre son mari, qui est (me dit-elle) charpentier et fabrique aussi des meubles pour les marchés ; il est propriétaire, prétend-elle, d'une petite boutique hors de la cité. Je lui demande pourquoi il l'a laissée seule à Rhadamuth, et elle répond qu'elle a une sœur, mercenaire dans la garde. Elle ne me dit pas, non plus qu'à Beizun, pourquoi elle a choisi de voyager en cette saison, la plus chaude et humide de toutes. Le soir, elle dort seule dans sa propre tente, bien que nous l'ayons invitée à partager la nôtre, pour lui épargner la peine de la monter ; mais elle refuse à chaque fois, et je finis par me dire que nos rapports amoureux la choquent peut-être — quoiqu'une telle réaction chez une femme de Rhadamuth me paraisse impensable.

Vers le quatrième soir, nous arrivons devant une large rivière. Le peuple qui a construit la route avait jeté un pont entre ses deux rives, nous le voyons immédiatement, car les bases de pierre demeurent, de même que quelques vestiges des piliers de soutènement. Mais il y a une grande brèche entre les arches de ce côté et l'autre rive. A voir les eaux profondes, je me demande pourquoi ce pont n'a pas été entretenu et réparé ; mais, de l'autre côté de la rivière, il y a la jungle, et Beizun me dit que nous nous trouvons à la frontière même de Rhadamuth ; que, pendant des années, les femmes de Rhadamuth ont gardé le pont, mais que le peuple de la jungle, craignant les combattantes de Rhadamuth, a fini par emporter les pierres pour construire des maisons, espérant que cela obligerait le peuple de Rhadamuth à rester de son côté de la rivière.

— Alors, comment allons-nous traverser ?

— Il y a un gué un peu plus bas, dit Beizun, montrant un endroit où les pierres de la route font place à un chemin profondément raviné descendant vers la berge.

Nous engageant sur cette nouvelle piste, nous arrivons à un endroit où l'eau recouvre tout juste une longue succession de pierres de gué. Je trouve que c'est plutôt là qu'on aurait dû construire le pont, mais elles me disent que le cours de la rivière a changé plusieurs fois depuis l'époque de l'empire constructeur.

— Attention, nous avertit Beizun ; le gué n'est pas aussi facile à franchir qu'il n'en a l'air. Il y a des trous profonds, où, si l'on perd l'équilibre sur la pierre, on a de l'eau jusque par-dessus la tête ; il y a aussi des sables mouvants par endroits. Le plus sûr, c'est de laisser les bêtes faire à leur tête ; elles choisiront les endroits où poser leurs sabots, et, si elles perdent pied, elles nageront, même si elles n'aiment pas ça et rechignent au départ pour entrer dans le courant.

Elle regarde autour d'elle, pour s'assurer qu'aucun regard étranger ne nous espionne, puis elle ôte sa tunique.

— Ma peau séchera plus vite que mon vêtement, dit-elle, fourrant sa tunique dans le petit sac d'effets personnels qu'elle garde devant elle sur sa selle.

Je l'imite, et, au bout d'un moment, Reri aussi. Seule Mikhala reste emmitouflée dans son gros manteau de voyage ; j'ai l'impression qu'elle doit suffoquer. Reri, à la tête de la colonne, tape sa monture sur la tête, et celle-ci s'engage lourdement dans le gué, posant ses sabots de pierre en pierre. Quelques pas plus loin, l'animal en manque une et plonge dans un trou profond, projetant Reri par-dessus sa tête ; et maintenant, je réalise que nous avons bien fait de nous déshabiller, car elle refait surface en crachant, patauge, retrouve la bride de sa monture et se remet en selle. Mise en garde par cet incident, je sais comment agir quand je passe par-dessus la bosse de ma monture et me retourne dans l'eau vaseuse ; je remonte à la surface, découvrant, à ma grande surprise, que je sais nager, et je m'accroche au pommeau de ma selle. Mikhala oscille sur sa selle tandis que sa monture pose gauchement ses sabots sur les pierres, mais son assiette est mauvaise — je ne crois pas qu'elle ait jamais été bonne cavalière. Et elle tombe, empêtrée dans ses lourds vêtements qui l'entraînent au fond, avant que je la rattrape par les gros plis de son manteau. Je la hisse à la surface, toussant et crachant, l'étoffe dégoulinante ; j'ai envie de la lui enlever pour l'essorer à fond. L'absurdité de ce costume dans la chaleur étouffante est maintenant amplement démontrée, mais elle refuse de le quitter, même quand je lui propose une de mes tuniques. Nous sommes enfin toutes réunies sur l'autre berge, laissant Rhadamuth derrière nous. Dans la touffeur de la jungle, les épais vêtements de Mikhala ne sèchent pas, mais fument ; l'air est trop humide pour que l'eau s'évapore. Je renfile ma mince tunique, et, une fois de plus, j'en propose une à Mikhala, qui refuse obstinément. Je me demande si elle est folle, ou si son attitude vient de quelque tabou religieux lui interdisant de porter d'autres vêtements que les siens ; je trouve qu'elle pousse la pudeur un peu loin, dans sa crainte que l'une de nous n'aperçoive son corps nu, mais, même quand nous lui proposons de monter sa tente pour qu'elle puisse se changer à l'abri des regards, elle refuse poliment et nous supplie de ne pas faire attention à elle. Plus tard dans la journée, je remarque qu'elle frissonne ; il y a des fièvres endémiques dans la jungle, et elle a pu en contracter une à la suite de son plongeon, mais, quand nous nous arrêtons pour la nuit, elle affirme qu'elle va très bien.

— Elle m'inquiète, dit Beizun tandis que nous dressons notre tente. Au diable cette femme ; qu'est-ce qu'elle a ?

— Elle est stupide, c'est tout, dit Reri ; laisse-la dans sa folie.

— Mais si elle est malade, nous devons, par pure humanité, prendre le temps de la soigner, dit Beizun. Temps que nous pouvons difficilement nous permettre de perdre, ajoute-t-elle, inquiète.

— Eh bien, c'est toi qui as voulu l'emmener, remarque Reri.

— Simple question d'humanité, dit Beizun. Comment pouvais-je savoir qu'elle était si bête ?

— Par pure humanité, dit Reri, je vais lui faire une tisane qui la protégera peut-être des fièvres — si elle n'est pas assez bête pour la refuser.

Plus gentille qu'elle n'en a l'air, Reri prépare la tisane et la donne à Mikhala en disant :

— Bois ça ; ça te protégera de la fièvre que tu mérites pour avoir passé toute la journée avec des vêtements trempés sur le dos.

— Comme tu es gentille, dit doucement Mikhala. Tu n'aurais pas dû prendre cette peine.

— Tu as diablement raison, je n'aurais pas dû, réplique Reri, mais, si tu tombes malade, nous devrons te soigner, et nous ne pouvons pas nous permettre le luxe de perdre du temps.

Mikhala boit docilement l'amer breuvage, grimaçant seulement un peu en rendant la tasse à Reri.

Peu après, elle monte sa tente (continuant à refuser notre aide, malgré la lenteur de ses mouvements), et, de nouveau, son visage est couvert de sueur. Le soleil vient à peine de se coucher. Beizun, Reri et moi, nous nous attardons près du feu de camp, contemplant les étoiles qui scintillent à travers les épaisses frondaisons. Puis nous montons nos tentes, Reri dormant seule dans la sienne, Beizun et moi ensemble dans la nôtre. Pendant que nous nous préparons pour la nuit, j'entends Mikhala qui gémit, et je lui crie :

— Mikhala, tu es malade ? Tu as besoin de quelque chose ?

— Non, je n'ai rien, dit-elle d'une voix tendue. Merci. Bonne nuit.

— Dors bien, lui dis-je, et elle marmonne quelque chose que je ne saisis pas bien.

Je m'allonge, mais la chaleur m'empêche de m'endormir puis, de nouveau, les gémissements de Mikhala reprennent, et se transforment bientôt en halètements saccadés.

Je me tourne sur le flanc et essaye de m'endormir, mais les plaintes démentielles continuent. Tout à coup s'élève un cri rauque et tremblant, et, près de moi, Beizun se redresse brusquement.

— Bon sang, qu'est-ce que...

— C'est Mikhala, dis-je.

Et le hurlement retentit une deuxième fois.

Beizun lui crie :

— Mikhala ?

Au même instant, Reri sort de sa tente et dit :

— Qu'est-ce qui ne va pas, Mikhala ?

Au bout d'un moment, elle dit d'une voix tremblante et tendue :

— Rien. Je vais bien. Laissez-moi tranquille.

— On dirait qu'elle est visitée par des démons, grommelle Reri, et, quand le cri rauque se reproduit, nous n'hésitons pas ; nous nous ruons dans sa tente.

Pour la première fois, nous voyons, à la lueur d'une lampe minuscule, Mikhala sans son manteau de voyage ; et nous comprenons pourquoi elle ne voulait pas l'enlever en notre présence.

Mikhala se contorsionne sur le sol, haletante. Nous voyons son corps nu, l'énorme ventre distendu. Beizun jure entre ses dents ; si nous avions su, nous n'aurions jamais emmené une femme à la grossesse aussi avancée dans un tel voyage, de peur d'un accouchement prématuré.

Reri s'agenouille près d'elle et lui demande avec douceur :

— Tu es encore loin de ton terme ?

— Seulement à quelques jours, halète Mikhala. J'étais sûre de pouvoir rejoindre Gyre... et mon mari... avant.

Beizun dit sombrement :

— Tu aurais dû rester à Rhadamuth avec ta sœur, si elle n'est pas une création de ton imagination. Tu ne savais pas que les mouvements de ta monture déclencheraient prématurément le travail ? Et, à défaut, une chute ou un bain comme celui d'aujourd'hui ? Petite sotte, tu as risqué ta vie et celle de ton enfant !

— Tu crois que je vais le perdre ? demande Mikhala.

— Pourquoi me le demander ? Je ne suis pas sage-femme, dit Beizun avec humeur. Ni Zadi.

— Moi non plus, dit Reri, mais j'ai souvent assisté à l'accouchement de mes femmes. Dis-moi, Mikhala, c'est ton premier enfant ?

— Non, j'ai déjà une fille de quatre ans, qui est chez ma sœur à Rhadamuth, dit Mikhala. J'ai accouché sans problème, alors cette fois aussi je croyais pouvoir accoucher sans aide...

— Je crois que c'est ce qui va se passer, dit Beizun, mais le ton est plus doux que les paroles, et, comme les contractions recommencent, elle lui donne sa main à tenir.

Je voudrais pouvoir m'en aller, pour ne pas voir ou entendre le processus inexorable qui se déroule devant nos yeux. La nuit s'éternise ; Mikhala halète, gémit, crie, et parfois hurle, et, une heure avant l'aube, elle met au monde un petit nourrisson sanglant.

— C'est une fille, dit Reri, la levant dans ses mains pour l'examiner, après quoi, elle coupe et ligature le cordon, et la met dans les bras de Mikhala.

— Une fille, répète Mikhala. Et donc une guerrière de Rhadamuth.

Elle se penche sur le petit minois fripé comme s'il était d'une beauté rare. Tout au fond de mes entrailles, quelque chose me dit que, pour Mikhala, ce petit visage ridé est beau, bien qu'il paraisse affreux à une femme n'ayant jamais été mère.

Avec répugnance, je prends le bébé dans mes bras et l'enveloppe dans un linge propre, scrutant la petite figure ratatinée. Comme c'est curieux, que ce petit bouton de nez, ces pieds miniatures dont on ne penserait jamais qu'ils serviront un jour à marcher, puissent devenir dans le futur la copie de Mikhala elle-même ! Reri revient avec une tasse de sa tisane pour Mikhala.

— Bois ça et dors, dit-elle. Demain, nous ne bougerons pas. Qu'est-ce que tu aurais fait si tu avais mis cette enfant au monde en secret, comme tu en avais l'intention ? Tu l'aurais étouffée, ou abandonnée dans la jungle ?

— Non, la Déesse m'en préserve ! dit Mikhala, avec toutes les apparences de la sincérité, serrant le petit paquet sur son cœur. Pour qui me prends-tu ?

— Pour une femme de fer, dit Reri, si tu pensais pouvoir tenir en selle une heure après l'accouchement.

— Je suis capable de faire ce que je dois, dit Mikhala avec colère, et vous disiez tellement que vous étiez pressées...

— Tu es idiote, dit Reri, mais il n'y a rien à redire à ton courage. Nous perdrons une journée mais nous n'en mourrons pas. Bois ça et dors.

Mikhala boit lentement sa tisane, rend la tasse et s'endort, son enfant couchée sur sa poitrine. Nous nous éclipsons en silence, pour la laisser dormir.

Chapitre X

Trois jours plus tard, nous voyons au loin les grandes portes de pierre de Gyre. Mikhala n'est pas encore bien remise, mais elle s'accroche vaillamment à sa selle depuis deux jours.

Depuis qu'Hassim m'a dit que je combattais comme une guerrière de Gyre, j'aspire à ce moment, certaine que je reconnaîtrai les portes quand je les verrai. Mais le brouillard gris, le rideau de feu blanc qui est tombé sur ma vie ne frémit pas devant ces grands piliers de pierre rose. Je vois simplement de hautes murailles, des piliers de pierre, des battants de bois noircis. Ce n'est pas du tout ce que j'attendais. Au contraire, je suis certaine de ne les avoir jamais vus.

La nuit tombe avant que nous arrivions à la cité, et nous voulons camper, mais Mikhala nous demande de continuer. Elle ne nous a toujours pas dit pourquoi elle n'est pas restée près de sa sœur jusqu'à ce que l'enfant soit né et assez âgé pour voyager. Maintenant, elle nous le dit, le visage contracté de rage.

— Une amie, dit-elle — et le ton sarcastique nous apprend qu'elle pense exactement le contraire — m'a prévenue que Kal avait pris une autre femme à la maison. Et je ne voulais pas qu'il puisse excuser sa conduite en disant que c'était moi qui l'avais quitté.

Nous continuons donc, sous la lune et les étoiles qui se lèvent, franchissant les portes de Gyre et avançant dans les rues sombres en suivant les indications de Mikhala ; nous nous arrêtons enfin devant une demeure qui se dresse derrière des grilles de métal. Deux féroces chiens de garde aboient frénétiquement et se ruent vers nous ; mais ils s'arrêtent soudain, se taisent, et se mettent à frétiller autour de Mikhala, lui léchant les mains et sautant pour lui lécher le visage.

— Allons, allons, bons toutous, murmure-t-elle. Tigre et Loup, du calme.

Le bébé dans les bras, elle nous invite à la suivre dans un grand atrium, autour duquel s'ouvrent plusieurs pièces ; l'une d'elles est éclairée et des voix nous en parviennent. Mikhala nous fait signe de la suivre.

Au milieu de la pièce éclairée se dresse un lit ; Mikhala se rue vers l'homme et la femme qui y sont assis, une assiette de fruits sur les genoux.

L'homme lève les yeux à cette intrusion, stupéfait, puis bredouille d'un air penaud :

— Mikhala, je croyais que tu resterais chez ta sœur...

— Oui, je vois bien que c'est ce que tu croyais, dit-elle, debout devant lui. Et je vois que tu as accepté ma cousine comme une vraie parente. Comme c'est gentil, Lana, de me réchauffer mon lit ! Et tu as de la chance que je ne sois pas arrivée quatre jours plus tôt, car j'aurais eu un besoin plus urgent que maintenant de récupérer ma couche. Tiens...

Elle jette l'assiette par terre, arrache les couvertures, exposant la nudité de l'homme qui nous regarde avec embarras, Beizun, Reri, et moi, puis Mikhala lui fourre le bébé dans les bras.

— Là, Kal, fais connaissance avec ta fille ; moi, je vais m'occuper de notre... invitée.

La femme, effectivement, ressemble beaucoup à Mikhala.

— Puis-je te prier de me rendre mon lit et mon mari ?

La femme porte une chemise brodée, élégamment décorée de fleurs. Mikhala lui donne la main pour la faire descendre du lit, puis empoigne la chemise par le col en disant :

— Et de me rendre ma chemise ? A la réflexion, Lana, garde-la..., je n'ai pas envie de la laver pour faire disparaître l'odeur de ton parfum.

Elle fronce le nez, puis elle s'empare de l'assiette de fruits.

— Et comme c'est attentionné de m'avoir préparé une collation.

Elle prend une mangue et se met à la manger.

— Mikhala, tu n'as pas honte ? gémit son mari.

— Il me semble que c'est moi qui devrais te poser cette question, Kal, dit-elle en riant, s'installant près de lui dans le lit.

Au même instant, le nourrisson se met à hurler, et Mikhala le reprend à son mari, découvre son sein et se met à l'allaiter. Les hurlements se calment, et Mikhala ordonne en riant :

— Maintenant, fais sortir cette femme de ma maison avant que je lui mette les chiens aux trousses ! Ils ont été contents de me revoir et chasseront toute personne que je ne veux pas voir ici.

Kal se lève, attrape quelque chose au hasard pour voiler sa nudité, et pose un bras sur les épaules de la femme.

— Lana, je crois que tu ferais mieux de t'en aller...

— Exactement, dit Mikhala, riant toujours. Ces trois femmes armées d'épées sont mes amies.

Lana nous regarde, se met à trembler, puis fait demi-tour et détale. Dehors, les chiens se mettent à aboyer, et Mikhala dit :

— Kal, tu ferais bien d'aller les retenir avant qu'ils n'estropient ma pauvre cousine.

Beizun ne peut plus retenir un éclat de rire ; elle s'esclaffe et dit :

— Laissons les amoureux dans leur nid, mes amies. Mikhala, si tu veux une place parmi mes guerrières, préviens-moi ; tu es assez forte pour affronter trois guerrières, quelles qu'elles soient !

Mikhala sourit et murmure :

— Je ne suis pas une combattante, Beizun, mais une simple ménagère.

Reri pouffe et dit :

— Si telles sont les ménagères de Gyre, leurs guerrières doivent être vraiment redoutables !

En sortant de chez Mikhala, nous rions encore si fort que nous avons du mal à tenir debout. Kal, venu rappeler les chiens, nous dit :

— Vous êtes les amies de Mikhala ; vous lui avez fait

traverser la jungle et vous l'avez soignée quand notre fille est née ; ne voulez-vous pas au moins accepter l'hospitalité pour la nuit ?

— Merci, dit Reri, mais je trouve que tu t'es déjà montré assez hospitalier envers des étrangères.

Il a l'air si penaud et honteux que je le plains presque. Il ne peut pas être si mauvais que ça si Mikhala a entrepris ce long voyage depuis Rhadamuth pour le garder. Mais pour l'instant, il a l'air assez ridicule.

— C'est une assistance que nous aurions accordée à toute femme qui en aurait eu besoin, ami Kal, dit Beizun. Tâche de ne plus insulter ta vaillante femme.

Il baisse la tête et balbutie :

— Vraiment, les apparences sont trompeuses ; ce n'est pas ce qu'a pensé Mikhala...

— Non, dit Reri. Je suis sûre que tu as pris cette mégère dans ton lit par charité, comme tu l'aurais fait pour un chiot perdu, juste pour qu'elle ne traîne pas dans les rues.

Et comme nous nous éloignons en riant, il reste là, pétrifié, baissant la tête et la queue entre les jambes.

— Eh bien, dit Beizun, cette aventure terminée, il nous faut maintenant trouver une auberge respectable pour la nuit, et demain, nous nous mettrons en quête de ton passé, mon Ambre, ma Zadi ; il y aura bien quelqu'un dans cette ville qui sera fier de te revendiquer pour parente. La sœur aînée d'une garde de ma connaissance avait autrefois une auberge dans cette cité. Si elle existe toujours, elle est propre et la bière n'y est pas mauvaise. Je crois pouvoir la retrouver.

Malgré le clair de lune, les rues sont noires, et Beizun s'arrête deux fois pour se faire indiquer le chemin par un passant. Mais nous trouvons enfin l'auberge, et demandons une chambre pour trois et de la place à l'écurie pour nos bêtes. Il n'y a qu'un seul lit pour nous trois, et, involontairement, je me rappelle le soir où Beizun et moi avons partagé celui de notre maîtresse. Rien de semblable ne se passera ce soir ; Reri n'a aucune attirance sexuelle pour les femmes. Quant à moi, bien que je l'admire, je ne rechercherai jamais ses caresses. Il en est tout autrement avec Beizun ; nous sommes si proches depuis le jour de notre rencontre. Je regrette que nous ne soyons pas seules, et, sans m'en rendre compte, j'en veux à Reri. Mais, dès que Reri est endormie, Beizun m'attire dans ses bras comme une enfant, et nous dormons, ainsi enlacées. Le matin venu, nous discutons brièvement de ce que nous allons faire ; Reri veut chercher des mercenaires, tandis que Beizun et moi, nous voudrions d'abord visiter les écoles d'arts martiaux afin de trouver des gladiatrices pour l'arène de Jemmok. Finalement, nous convenons de nous séparer, et de nous retrouver le soir à l'auberge, pour dîner et nous rendre compte de notre journée.

On nous a indiqué le chemin de la principale école d'arts martiaux de la cité. Maintenant que le but est si proche, je perds mon assurance. Je serre la main de Beizun comme un enfant qui va à l'école pour la première fois se cramponne à la main de sa mère.

— Quand as-tu commencé à combattre ? me demande-t-elle.

Je réponds sans réfléchir :

— J'ai obtenu ma première ceinture noire à treize ans.

Elle fronce les sourcils et me demande ce que c'est qu'une ceinture noire.

— Un signe de compétence dans le combat, dis-je, mais je ne me rappelle rien de plus.

Je sombre dans le désespoir à voir des bribes de souvenirs surgir de ma mémoire, sans que rien ne s'y associe par la suite. Pourtant, dans mon esprit, je vois nettement un homme qui noue une ceinture noire autour de ma taille, et une rangée d'autres filles, toutes plus âgées que moi, en pyjama blanc de combat.

Mais je ne vois clairement aucun visage, et je ne me rappelle aucun nom que le mien, même si ce souvenir est brumeux. Mon nom était-il vraiment « Ambre », ou est-ce une illusion bizarre ? Ma vue devient trouble et je distingue tout juste le nom de l'école d'arts martiaux, inscrit au-dessus de la porte. Nous entrons. La maîtresse des lieux vient nous accueillir, grande femme aux larges épaules et au visage de marbre, qui nous salue assez courtoisement.

— En quoi puis-je vous servir ? Si vous désirez vous instruire en l'art du combat, une classe de débutantes ouvrira à la prochaine pleine lune ; j'ai quelques places disponibles actuellement dans les classes avancées, mais je devrai vous évaluer avant de vous y admettre, et je n'en aurai le temps ni aujourd'hui ni demain. J'évaluerai les élèves avancées dans trois jours, et vous pouvez revenir alors si tel est votre souhait.

— Merci, dit Beizun, mais nous avons notre propre entraîneuse.

— Alors ?...

La femme est toujours polie, mais un peu impatientée maintenant.

— Cette question pourra te paraître étrange, dis-je, me lançant brusquement dans la conversation, mais... est-ce que tu m'as déjà vue auparavant ?

Elle me dévisage longuement, puis elle dit :

— Je ne sais pas. Ton visage ne n'est pas totalement inconnu, mais je ne parviens pas à mettre un nom dessus. Comment t'appelles-tu ?

— A Jemmok, on m'appelle Zadieyek, dis-je à voix basse. Mais un accident ou une explosion m'a fait perdre la mémoire. Dans mon enfance, je crois qu'on m'appelait Ambre.

— Tu as un physique de guerrière, mais je crois que je n'aurais pas oublié un nom aussi étrange qu'Ambre. Non ma chère, je suis désolée, je ne te reconnais pas, dit-elle, d'un ton de regret sincère. Pourquoi crois-tu que tu es originaire de Gyre ?

— A la Maison du Destin, on m'a dit que mon style de combat était celui d'une guerrière de Gyre.

— Désolée de ne pas pouvoir t'aider, dit-elle. Il y a quelques mois, une de mes élèves m'a dit que sa sœur avait disparu, et que la famille avait engagé des mercenaires pour la chercher. Je ne crois pas que leurs recherches soient allées jusqu'à Jemmok. Il paraît qu'elle était svelte, avec des cheveux et des yeux noirs comme les tiens. Tu devrais peut-être aller voir chez elle.

Je lui demande beaucoup de détails, tant et si bien qu'elle finit par dire qu'elle doit retourner s'occuper de ses élèves. Elle nous indique comment aller chez celle qui a perdu une sœur, et je me replonge dans l'exaltation de mon rêve ; je vais entrer dans la maison, et être immédiatement reconnue pour sœur, fille, membre de la famille ; dans quelques minutes, je serai peut-être dans les bras de ma mère. Pourtant, si j'avais eu une sœur, je m'en souviendrais sans doute.

La demeure est vaste et luxueuse, plus que celle d'Ifania, et me semble totalement inconnue quand on nous fait entrer pour attendre la maîtresse de maison. Mon cœur bat tellement fort que j'ai peur qu'il n'explose dans ma poitrine. Dans quelques minutes, peut-être que ma mère me serrera dans ses bras. Mais quand une femme posée, drapée de gris, entre dans la pièce, je fais un signe de désespoir à Beizun, car je ne l'ai jamais vue.

A mots décousus et balbutiants, je lui explique la raison de notre visite. Elle dit avec bonté, me caressant les cheveux :

— Pauvre enfant. Ma Lillia était plus âgée que toi, et ses cheveux n'étaient pas la moitié aussi beaux que les tiens. Et tu ne te rappelles rien de ton passé ? Quand es-tu arrivée à l'arène ?

— L'hiver dernier.

— L'hiver dernier, ma Lillia était bien en sûreté à la maison, dit-elle. C'est au début du printemps qu'elle s'est enfuie — ou a été enlevée — et nous l'avons fait chercher partout. Mon cœur a bondi de joie en recevant ton message. Pauvre enfant, je ne saurais te dire à quel point je voudrais que tu sois ma fille qui rentre dans son foyer !

De nouveau, elle me caresse les cheveux.

— Tu as bien souffert, je le vois. J'espère que tu retrouveras ta famille.

La déception me donne la nausée. J'aurais si volontiers accepté pour mère cette femme si bonne, pour foyer cette maison. Mais je commence à me demander si quelqu'un me reconnaîtra jamais, et si je passerai ma vie dans l'errance et les recherches.

Derrière moi, une voix crie :

— Lillia !

Je me retourne, et je vois une jeune fille d'une quinzaine d'années en tunique blanche. A ma vue, son visage s'empreint d'une grande tristesse.

— Non, dit-elle, tu n'es pas ma sœur, bien que tu lui ressembles beaucoup par la silhouette et les cheveux.

— C'est ce que j'ai cru aussi, au premier abord, dit la

femme. Non, nous devons accepter la réalité ; Lillia est morte quelque part, et nous ne la reverrons jamais.

— Et nous ne pouvons même pas porter son deuil, dit tristement la jeune fille.

— Je vous offrirai néanmoins l'hospitalité que je voudrais qu'on offre à ma Lillia si elle se trouvait seule dans une ville étrangère, dit la femme. Voulez-vous habiter avec nous pendant votre séjour à Gyre ?

Beizun me regarde d'un drôle d'air ; je hoche la tête, et elle accepte, disant toutefois que nous devons passer la nuit suivante à l'auberge, pour retrouver notre compagne de recherches.

— Et si, au cours de vos voyages, vous rencontrez ma petite Lillia, dites-lui, je vous en prie, que nous l'aimons et que nous attendons son retour tous les jours. Le ferez-vous ? dit-elle, m'embrassant avant de partir, et je le lui promets.

Nous passons le reste de la journée à faire le tour des écoles d'arts martiaux, et nous trouvons quatre femmes qui acceptent de combattre dans l'arène de Jemmok, mais aucune famille ayant perdu une fille nommée Ambre, et personne n'a jamais connu quelqu'un de ce nom. Quand nous retournons à la taverne, Reri a mis la main sur sept mercenaires pour la suivre dans son royaume, et elle demande à nos quatre recrues si elles veulent se joindre à sa croisade. Une seule accepte.

— Si tu m'avais trouvée la première, j'aurais préféré te suivre et t'aider à reconquérir ton royaume, dit-elle à Reri, puis, se tournant vers nous, elle ajoute : Pourquoi ne pas aller d'abord chez elle ? Quand nous l'aurons remise sur le trône, nous aurons tout le temps de nous battre dans l'arène.

Beizun accepte avec empressement. Je ne suis pas sûre que l'idée soit bonne ; comment savoir le temps qu'il nous faudra pour reconquérir la cité, et si Ifania ne sera pas mécontente que nous risquions notre vie pour autre chose que son service ? Mais mon objection est rejetée ; avec les gladiatrices et ses mercenaires, Reri dit qu'elle a le noyau d'une armée, et il est convenu que, le lendemain matin, nous irons toutes ensemble acheter ce qu'il nous faut pour faire un siège.

Je ne suis pas heureuse de quitter Gyre si rapidement, mais j'ai fait toutes les recherches que j'ai pu ; après tout, je ne peux guère aller de maison en maison demander si quelqu'un a perdu une sœur ou une fille.

Beizun est très excitée ; il lui tarde de faire la guerre. Pour ma part, je n'ai aucun désir de me battre ; j'aurais préféré limiter mes combats à l'arène. Mais je ne peux pas le dire à Beizun. Elle semble croire que je trouverai le même plaisir qu'elle à la bataille. Le lendemain soir, tous nos préparatifs terminés, je vais dire un tendre adieu à la mère de Lillia, qui insiste pour me donner une courte épée ayant appartenu à sa fille, et qui me recommande à tous les dieux et déesses que je connais, et à bien d'autres que j'ignore.

Je quitte la ville avec les autres, désespérée, malade de déception. Je ne sais plus où aller, où chercher. A Gyre non plus, Ambre n'est pas un nom répandu, mais j'ai éprouvé une étrange familiarité avec la langue — je ne sais pourquoi ; comme s'il s'agissait d'une langue que j'aurais connue autrefois et que j'aurais commencé à réapprendre.

Nous retraversons la jungle, la boue giclant sous les sabots de nos montures. Nous transpirons dans la chaleur humide de la forêt vierge. Nous refranchissons le gué et enfin, nous nous arrêtons en bon ordre devant les portes, où Reri lance un défi à son frère.

— A mon frère Kerrak l'usurpateur, faites savoir que, dans trois jours, nous nous rencontrerons ici même en combat singulier, et que le vainqueur gouvernera. Et que, s'il ne vient pas se battre, j'entrerai dans la cité et le renverserai.

Une claire voix de ténor résonne au-dessus de nous sur la muraille.

— Reri, ma sœur, tu es aussi brutale que quand nous étions tous les deux enfants. Mais le fait que tu te battes mieux que moi et que tu puisses me vaincre en combat singulier ne prouve pas que tu gouverneras mieux que moi.

— Je suis mieux faite pour gouverner ! crie Reri. J'ai mené trois fois les armées de cette cité au combat !

— Et moi, j'y ai fait régner la paix pendant trois ans, rétorque-t-il. Laisse le peuple choisir entre un chef pacifique ou un chef guerrier.

— Qu'est-ce que le peuple a à voir avec ça, et pourquoi devrait-il choisir ? Les gens du peuple sont tous plus lâches que d'honorables soldats, et qu'ont-ils à dire, alors que la loi stipule que l'aîné des enfants assume le gouvernement de la cité au décès du souverain ? Tu m'as chassée illégalement de cette place, mon frère.

Puis de grandes clameurs s'élèvent de la multitude de la cité, et l'on n'entend plus rien, pas même la voix du frère.

— Qui a jamais entendu parler de peuples qui choisissent leur chef ? grommelle Reri. La loi est la loi et doit être appliquée. Les dieux ont ordonné que l'aîné des enfants, non pas l'aîné des fils, gouvernerait le peuple.

Je trouve assez raisonnable que le peuple puisse choisir s'il veut pour chef un homme de paix ou une femme de guerre ; mais Beizun et Reri semblent trouver que c'est une idée extravagante.

A la fin, des clameurs nous encouragent, et nous voyons un jeune homme debout sur la muraille ; on entend crier « Kerrak ! » et « Reri ! », puis, dans le silence revenu, Kerrak — car c'est lui — s'adresse à Reri :

— Veux-tu entrer dans la cité pour parlementer, ma sœur ?

— Au contraire, veux-tu sortir et combattre, mon frère ? Car si j'entrais dans la cité, les dieux seuls savent quand et comment j'en sortirais.

— Mais si je sors pour te combattre, je sais parfaitement que je ne rentrerai pas vivant, dit Kerrak. Pourquoi devrais-je me battre avec toi ?

— Pour prouver au peuple que tu n'es pas un lâche ! hurle Reri.

— Oh, mais je suis un lâche, reconnaît tranquillement Kerrak. Je ne vois aucune raison d'être différent alors que nous ne sommes pas en guerre.

— Honte à toi ! Considère que tu es en guerre, car je ne renoncerai jamais à mes droits sur la cité.

Au bout d'un moment, Kerrak crie en réponse :

— Je ne te combattrai pas. Je reconnais volontiers que tu pourrais me battre en combat singulier, comme tu l'as toujours fait depuis mes huit ans. Mais cela étant, si tu veux cette cité, il faudra que tu viennes la prendre.

Et il disparaît du chemin de ronde.

Reri regarde l'endroit où son frère a disparu.

— Et *ça* veut remplir la place de mon père et gouverner la cité ! murmure-t-elle. Même la population ne le craint pas comme elle devrait. Il recherche les faveurs du peuple et accepte de laisser choisir la canaille ! J'ai honte qu'il soit de notre sang !

Brusquement, elle lève la main.

— Eh bien, mes guerrières, me suivrez-vous ? Nous n'aurons pas à nous battre, car il a interdit toutes les armes dans la cité ; de sorte que si nous nous emparons de quelques points stratégiques, nous n'aurons pas de problème, sauf pour arrêter mon frère lui-même.

Elle s'agenouille et prend une badine.

— Voici la porte du nord ; nous sommes ici, à la porte du sud. Vous sept, dit-elle, montrant les mercenaires de Rhadamuth, faites le tour et allez l'attaquer. Zadi, là se trouve le palais ; toi et Beizun, vous viendrez avec moi. Ici sont les greniers, et là, le Grand Temple.

Elle regarde les femmes des écoles d'arts martiaux de Gyre.

— Ce sera pour vous. Tenez ces lieux, jusqu'à ce que je vous envoie chercher quand la cité sera entre nos mains. Compris ?

Elle s'approche de la porte, et je sens mon estomac se nouer comme lors de mon premier combat dans l'arène. Ce n'est pas un jeu, c'est réel, et, bien que les gens de la cité soient désarmés, je sais qu'ils opposeront de la résistance. Je n'ai pas grande estime pour la politique consistant à désarmer la population ; on ne peut pas bannir tous les couteaux de boucher, toutes les fourches de paysans, toutes les frondes et toutes les houlettes de berger.

Reri lance un grappin en haut de la muraille, et se met à grimper à la force des poignets. Elle est accueillie de deux façons différentes ; comme sa tête arrive en haut du mur, quelqu'un crie : « Reri, nous combattrons pour toi ! », et, au même instant, une grosse pierre ou un pavé s'envole vers sa tête ; elle l'esquive facilement, mais, si le projectile l'avait frappée, elle était perdue. Reri nous fait signe du haut de la muraille, et Beizun dit :

— Allons-y. Ecoute ces cris ; elle a des partisans à l'intérieur !

Beizun monte à la force des poignets, et je la suis, ne relevant pas la tête avant de voir la foule assemblée en bas, essentiellement composée de femmes, avec quelques hommes par-ci, par-là, mais personne n'a d'armes. Quelques-uns tentent de bloquer l'avance de Reri, mais elle dégaine et se dégage la voie en les fessant du plat de son épée. Le visage empreint de mépris plus que de fureur guerrière, elle enfile la longue avenue menant au palais. Elle nous fait signe, à Beizun et à moi, et nous venons encadrer sa marche. Une fois, un homme saute au milieu de la chaussée et nous attaque avec un bâton, mais Beizun le repousse promptement.

Comme nous posons le pied sur l'escalier montant au palais, Kerrak se dresse devant nous. C'est un jeune homme frêle, richement vêtu, avec une petite couronne sertie de gemmes sur ses cheveux minutieusement bouclés. Il a une chevelure d'un roux plus flamboyant que celle de Reri, et des traits d'une beauté plus délicate. Elle le prend fermement par les épaules et l'écarte de son chemin.

— Kerrak, ne résiste pas. La cité est à moi, mais je n'ai aucun désir de te nuire ni de te tuer.

Elle écoute un instant les clameurs de la foule, puis elle dit :

— La porte du nord est aux mains de mes femmes, de même que les greniers et le temple. Te rendras-tu de bonne grâce ?

Il grince des dents et dit :

— A quoi me servirait-il de te résister ?

— A rien, dit Reri, sans acrimonie. Je t'ai toujours vaincu aux armes depuis que tu avais huit ans, comme tu l'as dit, et que j'en avais dix. Mais tu reconnaîtras que, depuis l'œil au beurre noir que je t'ai fait quand tu avais treize ans, je ne t'ai jamais fait de mal. Maintenant, comme tu le vois, j'ai conquis la cité sans verser une goutte de sang, ce qui devrait te prouver que je ne garde pas rancune à tes précieux citoyens. (Nous découvrons plus tard que ce n'est pas tout à fait vrai ; à la porte du nord, quelques hommes ont assez résisté pour qu'une des mercenaires de Gyre se trouve dans l'obligation d'en blesser un assez grièvement, et l'infection contraignit plus tard à l'amputer ; mais il n'y eut aucun mort.)

— De plus, poursuit Reri, une armée d'hommes aurait pillé les maisons et violé les femmes, mais je n'ai pas l'intention d'en faire autant. Nous ne te voulons aucun mal, à toi ni au peuple ; mais tu dois me rendre le trône.

— S'il le faut, il le faut, dit Kerrak, l'air désemparé. Mais ce qui me chagrine, c'est que tu pourrais engager de nouveau notre peuple sur le sentier de la guerre.

— Tu as sacrément raison ! lance Reri. Suppose que tu aies été attaqué par des nomades du désert, au lieu de mes femmes ? Te serais-tu rendu d'aussi bonne grâce ?

— Comment veux-tu que je sache ce que j'aurais fait ? Cela ne s'est pas produit. De toute façon, je crois que la guerre n'est pas la solution. Rien n'a jamais été réglé par la violence.

— Tu es fou, mon frère. Tout a toujours été réglé par la violence depuis que le monde est monde.

— Non, ma sœur, dit Kerrak avec douceur. Tu te trompes. Car un règlement par la violence ne fait que provoquer d'autres violences pour la contrer. Et rien n'est jamais réglé définitivement jusqu'à ce que ce soit *bien* réglé.

Il y a une grande logique dans son raisonnement, mais je ne sais pas à quoi aurait servi la logique contre une armée de bandits du désert qui ne l'auraient pas écoutée.

Kerrak nous conduit dans le palais, et des femmes sortent de toutes parts, poussant des cris de terreur, qui se calment quand elles s'aperçoivent que les envahisseurs sont des femmes. Ce sont les femmes de Kerrak et ses concubines officielles, accompagnées d'une armée de jeunes enfants. Sur un mot de Kerrak, elles s'avancent une par une et jurent d'obéir à Reri en sa qualité de nouvelle souveraine. Elles ont l'air en pleine confusion, et ça ne m'étonne pas ; si la cité avait été conquise par des hommes, elles auraient été la propriété du nouveau chef.

Maintenant, elles ne savent pas ce qu'ils vont devenir, Kerrak et elles.

— Que vais-je faire de vous ? demande Reri. Je t'accorderais volontiers l'amnistie, mon frère. Je ne te garde pas rancune maintenant que tu m'as rendu ma juste place, mais si tu prêtais serment d'être mon loyal sujet, je ne te croirais pas ; car je sais que si tu m'imposais un tel serment, je ne me sentirais pas obligée de le respecter.

— Je ne prêterais pas un tel serment, dit Kerrak, et, de nouveau, je suis favorablement impressionnée par sa franchise et sa droiture.

— Tu dois à tout le moins accepter l'exil pendant un an ou plus, dit Reri. Et si je faisais proclamer dans toute la cité que n'importe qui peut te tuer si l'on t'y voit avant un an ?

— Voilà qui ne me fait pas peur, rétorque Kerrak. Aucun homme de la cité ne portera jamais la main sur moi, et tu le sais.

— C'est vrai, dit Reri, troublée, regardant autour d'elle.

Beizun ne peut garder le silence plus longtemps.

— Reri, si nous, qui avons reconquis ta cité, étions des hommes, tu nous donnerais sans doute à choisir parmi ces femmes...

— J'avais oublié, Beizun, dit Reri, embarrassée. Veux-tu donc choisir parmi les femmes de mon frère ?

— Non, dit Beizun. Seuls les hommes les intéressent, et elles ne voudraient pas de moi.

Puis elle se tourne vers moi et ajoute :

— Mais Kerrak ? Nous pourrions l'emmener pour en faire cadeau à Ifania.

— Exactement, dis-je, enchantée de cette idée. Sa nourrice Hatara ne cesse de la houspiller pour qu'elle ait des enfants, et au moins, celui-là est beau et de lignée royale...

— Mais j'ai déjà une femme !... proteste Kerrak.

Beizun dit avec dédain :

— Ne va pas croire qu'Ifania te voudrait pour mari ! Quand elle sera fatiguée de toi, elle te renverra à ta sœur. Mais je crois qu'elle apprécierait ce prêt, en compensation de l'usage de ses gladiatrices.

Reri hausse les épaules.

— Emmenez-le donc, et offrez-le à Ifania, avec mes compliments et mes remerciements.

Tout le monde semble satisfait de cette solution, sauf Kerrak, qui a toujours l'air troublé. Maintenant, la foule autour du palais commence à se disperser. Une femme s'avance et se cramponne à Kerrak, qui semble un peu embarrassé ; finalement, il l'embrasse et lui dit adieu d'un ton définitif. Elle s'éloigne à regret, et nous sommes priées à dîner au palais avec Reri et ses mercenaires.

Pendant le banquet, nous leur demandons si elles veulent venir à Jemmok combattre dans l'arène, mais elles refusent les unes après les autres. Nous avons quatre femmes de Gyre qui se sont engagées envers nous ; elles ne constituent pas un *tammarim*, mais elles seront suffisamment nombreuses pour combattre sous les couleurs d'Ifania aux prochains jeux, et peut-être qu'elle en trouvera d'autres.

Le festin s'éternise, Reri et ses mercenaires échangeant des histoires de batailles, et Beizun se joint à la conversation, n'étant elle-même pas en reste de récits, et, comme la fête se prolonge jusqu'aux petites heures du matin, elles en viennent même à se provoquer en combat singulier pour s'amuser ; jeu auquel Reri met rapidement fin, car elles sont toutes ivres, et elle nous renvoie dans une chambre luxueuse, où Beizun s'endort aussitôt.

Quand elle s'est endormie, je surprends un mouvement dans l'ombre, et je crie :

— Qui va là ? Qui es-tu, et que fais-tu là ?

A la lueur de l'unique bougie encore allumée, je vois Kerrak.

— Ma nouvelle maîtresse ne m'a pas dit quoi faire ni où aller, explique-t-il. Je suis venu prendre ses ordres.

— Eh bien, elle dort, et elle n'a pas d'ordres à te donner pour le moment, dis-je. Trouve-toi un endroit pour dormir et reviens au matin.

Tandis qu'il s'éloigne, je me dis que, maintenant, chacune a ce qu'elle désirait : Reri a recouvré son royaume, Ifania est en passe d'avoir son *tammarim*, mais moi, je n'ai pas avancé d'un pas dans la connaissance de mon identité et de mes origines. A part ma maîtresse, personne ne se soucie de savoir si je suis vivante ou morte. Pourtant, quelque part, je dois avoir eu une famille, des amis... devrai-je errer éternellement à la surface de ce monde pour les rechercher, ou dois-je me résigner à être abandonnée, orpheline ?

Allons, allons, me dis-je, ce n'est pas si terrible. Peut-être que ma famille est morte dans l'explosion de feu blanc qui a divisé ma vie en deux ; et ma situation n'est pas pire que celle de tous ceux qu'une calamité a rendus orphelins et qui ont dû se rebâtir une nouvelle vie. J'ai ma chère maîtresse, et j'ai Beizun et Hassim, et il y en a sûrement beaucoup qui n'en ont pas autant. Je me blottis contre Beizun, et je m'endors.

Chapitre XI

Le soleil matinal me réveille ; Beizun dort encore près de moi. En s'éveillant, elle m'attire dans ses bras pour m'embrasser, puis regarde par-dessus moi.

— Qu'est-ce qu'il fait là ?

— Kerrak ? Il est venu cette nuit pour prendre tes ordres.

— Je ne l'ai pas fait appeler parce que je pensais qu'il voudrait passer une dernière nuit avec sa femme.

Tandis que nous le regardons, allongé par terre sur un lit de coussins, Kerrak s'assied, à moitié endormi. Beizun lui fait signe, et il s'approche ; Beizun lui tend les bras, et il se blottit entre nous deux dans le lit. Tendrement possessive, elle caresse ses épaules musclées, et, un peu désemparée, je le regarde se mettre à la caresser. Je ne lui reproche pas son plaisir, mais j'aimerais mieux ne pas être présente. Il me touche, peut-être par hasard, et, quand je sursaute, il me demande d'un ton d'excuse s'il m'a fait mal.

— Non, non, pas du tout, dis-je, rassurante.

Et Beizun lui murmure quelque chose, après quoi il se penche vers moi et me donne un long et tendre baiser. Je suis furieuse de l'excitation que je ressens malgré mon désir de rester à l'écart. Quelque part, dans la partie la plus profonde de mon être, je sens que c'est mal pour moi ; mais Beizun m'encourage à me joindre à leurs jeux, et je me retrouve entre eux, qui me caressent ensemble.

— *Je t'en prie...* supplie Kerrak.

— Non, je t'en supplie, non, Beizun, dis-lui...

— Zadi, mon amour, il est grand temps vraiment. Il ne te fera pas mal, et tu ne peux pas passer ta vie en ayant peur d'une des meilleures choses que les dieux nous ont données...

Comme en jouant, mais avec force, il me maintient allongée, et la chose se fait, la chose que je redoute depuis qu'elle m'a réveillée dans le désert au milieu du feu blanc ; Beizun se penche sur moi et sèche d'un baiser les larmes que je n'ai pu retenir. Jusque-là, elle a raison, il ne m'a pas fait mal, il n'y a pas la souffrance et la panique des autres fois, seulement l'impression terrible que, pour moi, c'est mal, que c'est un crime que je ne pourrai jamais expier. Je ne peux pas m'y abandonner, en jouir, y prendre simplement plaisir comme Beizun. Et je ne trouve pas que ce soit mal pour elle, j'aurais été contente de partager son plaisir, de faire l'amour avec elle à côté de lui, de la tenir dans mes bras pendant qu'il l'aimerait — mais, pour moi, c'est un acte à jamais interdit. Plus tard, quand nous nous habillons, j'essaye de lui expliquer, et, pour la première fois, elle ne manifeste aucune compréhension, aucune sympathie, et montre simplement la satisfaction que j'aie finalement surmonté l'inhibition qui me retenait.

Et, sans comprendre pourquoi, je suis honteuse, et en même temps fière d'avoir affronté et surmonté mes terreurs. Puis je pense à Hassim à qui j'ai dénié ce plaisir, et qui a accepté ma peur et mon refus ; Hassim, le premier ami de cette nouvelle vie sur laquelle j'ai si peu de contrôle.

Maintenant, peut-être pourrais-je donner à Hassim ce qu'il désirait de moi ? Mais le mal que je trouve à cet acte me trouble encore profondément, et je me demande pourquoi. Finissant de natter mes cheveux, je me dis que c'est une chose que toutes les femmes trouvent naturelle ; la réponse est-elle cachée quelque part dans les brumes de mon autre vie ? Et si j'ai oublié pourquoi cet acte est un crime pour moi, alors, pourquoi suis-je tourmentée, et même obsédée par la répugnance de mon esprit à accepter ce qui donne du plaisir au corps ? Car je ne m'abuse pas, j'ai trouvé du plaisir là où je redoutais la souffrance, et c'est ce plaisir que je redoute maintenant, depuis que j'ai survécu et appris à endurer la souffrance du viol. Présentement, je suis étrangère à moi-même, et, au nom de tous les dieux qu'ils invoquent, pourquoi ne puis-je pas comprendre cette impression d'avoir impardonnablement transgressé un interdit ?

Le miroir me montre la même Zadieyek invulnérable que

je connais, mais quelque chose en moi a changé. J'ai perdu quelque chose que je ne pourrai jamais retrouver.

Pourtant, je suis toujours la même pour les autres, tandis que Beizun et moi, nous rassemblons nos femmes pour retourner à Jemmok — et à l'arène.

Je suis inquiète à la perspective de la traversée du désert, de la chaleur, d'une autre tempête de sable. Je me demande si Ifania sera furieuse que nous ayons perdu les gardes du corps qu'elle avait engagés pour nous. Nous passons la journée à charger sur nos bêtes nos provisions d'eau, de vivres, de fourrage, mais, maintenant, nous sommes sept avec les gladiatrices qui se sont engagées — non comme esclaves, mais en femmes libres — pour combattre dans l'arène de Jemmok. Reri nous convoque dans sa nouvelle salle du trône pour nous dire adieu ; elle prend tendrement congé de son frère, embrasse Beizun et moi, nous montre la cour du palais où ses mercenaires enseignent déjà à des citoyens récalcitrants les rudiments des arts de l'attaque et de la défense.

— Et les voyageurs ne devront jamais plus laisser leurs armes aux portes de la cité, glousse-t-elle. Reviens-nous bientôt, Beizun, tu me seras d'une grande utilité.

Kerrak est en larmes.

— J'ai créé une cité de paix, et tu en fais une cité de guerre, se lamente-t-il. Puisse cela retomber sur ta tête, Reri, ma sœur, et puisses-tu faire assez la guerre pour te repentir de ta politique.

— Ce souhait de malheur m'est plus agréable qu'un souhait de bonheur venant de cet imbécile, dit-elle avec dédain, mais elle l'embrasse affectueusement et lui donne des friandises et de beaux habits pour le voyage. A Beizun, elle fait présent d'armes serties de pierreries, et d'une antique cuirasse extraordinaire, apparemment faite des écailles d'un poisson préhistorique.

Tandis que nous nous mettons en route pour le voyage, après avoir une dernière fois embrassé du regard la cour où les mercenaires de Reri enseignent aux citoyens le maniement des armes, qu'elle a rendu obligatoire, Kerrak paraît, richement vêtu, et les gens s'alignent dans les rues et se lamentent : « Hélas notre prince pacifique et bien-aimé nous quitte ! »

Je n'ai cure de leur prince. Je réalise que, pour la troisième fois, je vais traverser ce misérable désert de soif, de sable et de souvenirs détestés. Je ne me rappelle pas vraiment la première traversée, il ne m'en reste que des fragments d'horreur, de souffrance et de viol.

Cette fois pourtant, c'est différent. Je chevauche entre Beizun et Kerrak, et, la nuit, je dors dans leurs bras. Le féroce vent du désert sèche ma gorge et mes larmes. Et dans mes rêves, le feu blanc explose dans ma tête, et dans les couloirs du cauchemar, je cherche quelque chose que j'ai perdu ; quand je me réveille, je sais que c'est moi que je cherche.

Des jours dans le désert, puis je vois les tours de Jemmok, et les flèches qui couronnent la Maison du Destin, où je me suis retrouvée et où je suis devenue Zadieyek, la personne que je suis maintenant. Et, dans la profonde solitude de cette nuit, veillant tandis que les autres dorment, je sors sous la nuit étrangère constellée d'étoiles, et je sais que ma recherche n'a pas de sens. Peu importe qui j'ai été ; Ambre, c'est le passé. Zadieyek, c'est ce que je suis maintenant, et ce que je serai dans l'avenir dépend de moi. Je suis peut-être esclave, mais je n'ai jamais été aussi libre qu'en ce moment. Debout sous les étoiles, je serre les poings et je lance un défi silencieux au feu blanc qui enveloppe ma mémoire d'un linceul.

Très loin, à la limite du désert, je vois une lumière qui plane au-dessus des tours que cache la nuit. Je regarde cette lumière qui se déplace lentement, et je trouve une étrange question dans mon esprit.

Je ne savais pas que cette planète avait des satellites. Pourquoi ne l'ai-je pas remarqué plus tôt ?

Je demeure perplexe. Pourquoi, soudain, sais-je ce que ces lumières signifient ? Je dois sans doute les avoir vues chaque fois que j'ai regardé les étoiles. Ce doit être un fragment de souvenir *d'avant*, comme le nom d'*Ambre*. Quelque part dans les profondeurs, ma mémoire frémit, et une autre idée curieuse me vient à l'esprit : *l'amnésie lacunaire, surtout induite par un traumatisme, est invariablement temporaire.* Je ne sais pas ce que signifient ces mots, mais ils me réconfortent. Et je recommence à me demander si Hassim, endormi à la Maison du Destin, m'a oubliée.

Puis je rentre discrètement dans la tente, je me glisse sous ma couverture et je m'endors, en me disant que, le matin venu, je retrouverai le seul foyer que j'aie jamais connu.

Nous entrons dans Jemmok au milieu de la matinée, aveuglées par le soleil quand nous passons sous les bannières de l'Akharet. En procession, suivies d'enfants, de badauds, de vendeurs, de mendiants, nous traversons la cité jusqu'à la maison d'Ifania. Elle entend le tumulte dans la rue et accourt pour nous accueillir. Quelqu'un me reconnaît et crie :

— Zadieyek ! Te revoilà enfin !

Ifania s'avance à notre rencontre, elle regarde les étrangères, nous fait signe de descendre, à Beizun et à moi. Nous démontons, et je la salue, m'inclinant très bas selon la coutume, et Beizun dit :

— Regarde, maîtresse, quatre femmes pour ton *tammarim.*

Ifania répond, si bas que nous seules pouvons l'entendre :

— La meilleure nouvelle, c'est que vous êtes saines et sauves.

Aris arrive en courant et me jette ses bras autour du cou, et je vois qu'elle est devenue plus grande, et plus forte.

— Zadi, je vais combattre pour la première fois dans l'arène aux jeux qui auront lieu dans trois jours, me dit-elle.

Et je suis saisie d'épouvante ; au souvenir du grand jeune homme mort à son premier combat, je ressens pour elle une épouvantable terreur. Elle est si jeune, elle n'a même pas terminé sa croissance !

Je me demande si elle a la moindre idée de ce que c'est — ce que c'est que d'être gladiatrice, de combattre dans l'arène. Voit-elle seulement la gloire, ou a-t-elle conscience de la mort qui la regarde par-dessus son épaule ? Je crains le pire, et l'odeur de la mort emplit soudain mes narines à la vue de ses frêles membres d'enfant, du tendre renflement de ses seins.

Tandis que la caravane se défait lentement, les serviteurs déchargeant les bagages, les propriétaires emmenant leurs bêtes, Beizun prend Ifania à l'écart pour lui parler.

— Nous t'avons ramené un présent, Ifania, dit-elle, faisant signe à Kerrak d'approcher.

Il s'agenouille humblement, et Beizun dit à Ifania qui il est et que Reri lui en fait cadeau ; un instant, le front d'Ifania se plisse légèrement, ses narines palpitent, et je me demande si elle ne trouve pas la proposition outrecuidante. Puis elle en comprend la drôlerie, et elle rit.

— Et que dois-je faire de ce beau jeune homme ?

— Ifania, répond Beizun, puisque ta nourrice te gronde et qu'elle cherche déjà un plus grand lit au souk, nous t'avons rapporté quelqu'un qu'elle approuvera pour le partager.

Ifania prend Beizun dans ses bras et attire Kerrak dans leur étreinte.

— Tu es généreuse, ma beauté.

Elle sourit à Kerrak, et, impulsivement, lui donne un baiser. Puis elle se tourne vers moi.

— Et toi, ma Zadi — t'ai-je manqué ?

— Oui, maîtresse, dis-je, lui rendant son étreinte.

Le moment est venu pour Ifania d'examiner une par une les combattantes que nous avons recrutées pour elle. Elle appelle la vieille Marfa pour évaluer leur santé et leur force, et lui dit de les amener dans la grande salle où Marfa les oppose à Beizun et à moi avec l'épée et le bouclier. Au bout d'un moment, elle nous fait signe d'arrêter.

— A mon avis, aucune ne sera ton égale dans l'arène, Zadi, dit-elle. Malgré tout, c'est un début respectable pour un *tammarim* et, avec un peu d'entraînement, vous tiendrez honorablement tête au *tammarim* de la compagne de l'Akharet.

J'apprends qu'au cours des jeux qui auront lieu dans trois jours à la Maison du Destin, l'Akharet présentera beaucoup de gladiateurs venus de pays lointains, des hommes qui combattent avec la hache et la massue, avec le filet et la fronde, et même avec l'arc et les flèches — ceux-là, je ne sais pas comment nous pourrons les vaincre, vu qu'ils se battront hors de portée de nos armes. Et, dans trois jours, la compagne de l'Akharet donnera un grand festin, où nous ferons la démonstration de ce que nous savons faire, pour que les gens de la haute société puissent décider sur qui ils placeront leurs paris. Je suis soulagée à l'idée qu'au moins, ce ne sera pas une absurde boucherie de bêtes sans défense.

Et nous reprenons la routine de l'entraînement, imposée par la vieille Marfa, avec un régime frugal de poisson grillé sans épices, et de légumes bouillis, complétés de quelques fruits, un régime de massages et de bains froids pour raffermir les muscles, et, ce qui est le pire pour Beizun, une totale abstinence de vin et de bière. Pour moi, ce n'est pas une privation et elle se moque de moi quand je bois joyeusement mon eau ; comme un chien, dit-elle. La taquinerie est bon enfant, mais je sais que c'est une épreuve pour elle que de boire de l'eau à ses repas.

Le lendemain matin, nous retrouvons la jeune Aris dans la cour. Il lui tarde de me montrer ses armes ; elle me les apporte comme une enfant ferait de ses nouveaux jouets. Pourtant, quand elle s'en munit, je ne vois plus une fillette, mais une jeune guerrière dans le premier rayonnement de sa force d'adulte, et quand Marfa nous oppose l'une à l'autre à l'entraînement, j'ai du mal à ne pas lâcher pied ; j'ai passé la dernière lunaison à voyager tranquillement, et je dois soudain réveiller mes réflexes un peu rouillés ; d'un assaut fulgurant, elle manque me désarmer. Je romps sans grâce et perds l'équilibre, et, quand je me rétablis, je lui fais sauter son épée de la main, et alors, je suis terrorisée à l'idée de l'avoir blessée. Mes mains et mes bras ont-ils tant perdu de leur habileté, que je n'aie plus d'autre choix que de tuer ou être tuée ?

Je suis soudain furieuse parce qu'elle m'a révélé ma faiblesse et ma peur. Trois jours seront-ils suffisants pour recouvrer mon ancienne forme ? Pourrais-je me résoudre, si c'était la seule façon de sauver ma vie, à tuer cette jeune fille ? Et pourquoi ces inquiétudes ? J'ai certainement assez de talent pour préserver ma vie sans tuer, puisqu'il s'agit d'un combat d'exhibition, et non à la vie à la mort.

Mais quel désir malsain de voir du sang a poussé la compagne de l'Akharet à cette imitation de jeux ? Ou peut-être que Beizun, avec sa passion pour le jeu, pourra me l'expliquer.

Je réalise que j'en veux davantage à la compagne de l'Akharet pour ces jeux d'exhibition, cette imitation de jeux, qu'à l'Akharet, pour ses jeux sanglants à la vie à la mort.

J'ai envie de voir Hassim. Peut-être que je suis depuis trop longtemps chez Ifania, dans cette maison de femmes. Peut-être que le combat est une activité masculine, et que ceux qui se moquent des femmes de guerre ont raison, après tout ?

Marfa arrive et m'oblige à la regarder.

— Qu'est-ce que tu as, Zadi, à traîner comme un chien battu ? demande-t-elle. Viens travailler avec Beizun. Je veux que les nouvelles voient le style de combat de Gyre.

Maintenant, je comprends ce qui me déprime.

— Je ne suis pas de Gyre, dis-je. Je n'ai trouvé à Gyre aucune trace de mon passé, ni quelqu'un qui me réclame comme ayant fait partie de sa vie ou de sa famille. Je ne peux plus m'appeler Zadieyek de Gyre.

— Et qui peut t'en empêcher ? demande Marfa. Quelqu'un peut-il te donner un nom plus beau, ou que tu mérites davantage ?

— C'est bien ce qui me trouble, dis-je. Je n'ai droit à aucun nom, nulle part.

Elle répond carrément :

— Et pourquoi cela devrait-il te troubler ? Tu es ce que tu es, la plus grande gladiatrice de cette saison ou de n'importe quelle saison à la Maison du Destin. Bien sûr que tu as le droit de t'appeler Zadieyek, car personne n'a plus de droit que toi à ce nom ; ou à n'importe quel autre que tu choisisses. Qu'est-ce qu'un nom après tout ? Quelle différence cela fait-il ?

Il m'est impossible de lui expliquer pourquoi il est important pour moi de savoir qui je vois quand je me regarde dans la glace. Peut-être que ça n'aurait pas d'importance pour elle de ne pas savoir son nom ; seuls ceux qui n'ont pas d'identité peuvent peut-être comprendre ce que c'est que de ne pas en avoir une. De nouveau, ma seule valeur pour moi et pour les autres, c'est mon habileté de guerrière, et, de nouveau, je dois me battre pour avoir le droit de respirer. Si j'avais choisi de vivre en combattante, peut-être...

Puis je me rappelle que j'ai choisi cette vie, que je l'ai préférée à l'autre possibilité qui m'était offerte. Et Zadieyek-la-Gladiatrice est la seule identité que j'ai, même si elle me paraît dérisoire, et c'est quand même mieux que rien. Je dois travailler dur, avec toutes ces femmes autour de moi, pour la conserver.

Alors, je prends mes armes et je me prépare à exhiber mes talents à l'épée et au bouclier face à Beizun. Et quand nous nous affrontons, botte contre botte, épées résonnant contre les boucliers, je retrouve un peu de l'ancienne magie, le plaisir d'avoir du talent, l'excitation de prouver ma force et mon agilité à chaque coup. Ni l'une ni l'autre ne cède un pouce de terrain, ni l'une ni l'autre ne parvient à blesser son adversaire ou à pénétrer son invincible garde. Plus tard, nous sommes séparées, chacune opposée à une femme de Gyre, et je constate que leur style et leur technique sont si semblables aux miens que j'ai l'impression de combattre ma propre image dans un miroir. Pourtant je leur suis suffisamment supérieure en force et en talent pour savoir qu'aucune ne pourrait pénétrer ma garde, et, lorsque Marfa arrête l'entraînement et nous envoie nous baigner et parer pour le dîner, je vois qu'elles me regardent toutes au moins avec respect, et certaines avec crainte.

Après le bain, nous nous habillons, Beizun et moi, revêtant nos plus belles tuniques. Et maintenant, je parviens à identifier ma colère, au moins en partie ; ce matin, contre mon désir, elle m'a persuadée de faire l'amour avec Kerrak. Il faut que j'en discute avec elle ; il n'est pas bon que quoi que ce soit nous sépare ainsi.

Je passe à mon cou le petit croissant qui fut le premier cadeau de ma maîtresse, appréciant son scintillement, m'interrogeant sur l'origine de ce symbole ; que signifie le croissant ici ? Debout sur le balcon surplombant la cour, je regarde la lune se lever, et je me sens soudain désorientée. Ce n'est certainement pas la lune que j'ai toujours connue. La lune, les lumières mystérieuses, quelque part dans ma mémoire, elles doivent avoir une signification. Mais laquelle ?

Comme j'entre dans la salle à manger, Kerrak, qui arrive juste derrière moi, m'entoure de ses bras et m'embrasse dans le cou avec une nonchalante affectation d'intimité qui offense mon sens des convenances. Je le repousse avec colère.

— Garde tes mains pour toi, ou tu les ramasseras un doigt à la fois ! dis-je, et il me regarde comme un chien battu.

— Qu'est-ce que tu as ? Mes mains ne te déplaisaient pas ce matin, dit-il, tendant le bras pour me toucher.

C'est seulement quand je recule, la main sur ma dague, qu'il réalise le sérieux de mes paroles, et s'écarte, confus.

— Je ne voulais pas t'offenser, Zadi, dit-il. Peux-tu me dire ce qui est arrivé pour que soudain mon contact te soit odieux ?

Puis je réalise que ce n'est pas sa faute, et j'ai un sourire hésitant.

— Non, ce n'est pas ta faute, dis-je. C'est Beizun qui m'a persuadée. Mais rappelle-toi, mon frère — car, bien que né prince, il est esclave comme moi, et nous partageons au moins ce lien fraternel —, que cela ne te donne aucun droit de propriété ; touche-moi uniquement quand je te le permettrai. Si tu n'oublies pas ça, nous resterons bons amis.

Il jette un regard perplexe sur moi, puis sur la main qui tient la dague, et va s'asseoir à la table sans un mot. Ifania lui a assigné une place non loin d'elle, et me fait signe de m'asseoir encore plus près.

Elle m'examine avec plaisir.

— Comme la couleur de ta tunique te va bien ! Et celle de Beizun aussi. Vous me ferez honneur dans l'arène toutes les deux.

Puis elle touche mes boucles d'oreilles, les boules d'ambre qui m'ont permis de retrouve mon nom.

— Elles sont ravissantes, s'exclame-t-elle, mais je ne te les avais jamais vues ; d'où les tiens-tu ?

— Beizun me les as données, dis-je, et elle se penche et effleure mes lobes de ses lèvres.

— Elle a bien fait, car tu es digne d'ornements encore plus précieux que ceux-là, ma Zadi. Mais si tu désires des bijoux, demande-les-moi, je t'en prie. J'aurai plaisir à te parer des plus beaux que je pourrai trouver.

Ainsi, je sais qu'elle est jalouse, et toujours entichée de moi. J'hésite un instant, me demandant si je dois lui révéler mon vrai nom et la façon dont je l'ai retrouvé ; mais le moment propice est passé, car elle a fait signe à Beizun d'approcher ; elle la complimente sur la soie bleu-vert de sa tunique qui va si bien avec ses cheveux roux et sa peau claire. Elle a un mot gentil pour chacune de ses nouvelles gladiatrices, et, quand nous avons fini de dîner, elle nous fait toutes venir devant elle, et promet de nous faire toutes participer aux jeux de la compagne de l'Akharet dans trois jours, et de donner des bijoux à celles qui se battront bien.

— Toutes celles qui me serviront bien trouveront en moi une maîtresse indulgente et généreuse, dit-elle. Mais n'allez pas vous leurrer ; je ne tolérerai ni contestations ni insolences ; si quelqu'une d'entre vous fait moins que ce dont elle est capable, elle regrettera de ne pas avoir choisi de terminer sa vie dans les bordels des mines de plomb.

Puis elle fait signe à un invité qui n'a pas été présenté.

— Le serviteur de la compagne de l'Akharet, dit-elle. Il a le programme des jeux, et vous allez savoir à qui vous serez opposées.

Beizun tire au sort la première : elle écoute patiemment ce qu'on lui lit. Avec l'épée et le bouclier, elle devra combattre un frondeur, et je me rappelle le jeune novice tué à son premier combat, ayant sous-estimé le danger de la fronde et des mortelles petites pierres. Il faudra que je lui dise ce que je sais, et je me demande comment un tel combat peut être présenté comme une simple exhibition, et non comme une lutte à la vie à la mort. Retournant ces idées dans ma tête, j'entends à peine mon propre nom ; moi aussi, je devrai combattre avec l'épée et le bouclier, et j'entends le nom de mon adversaire comme dans un rêve : Hassim de Lerfaugh.

Mais ce ne sera pas un combat à mort, seulement une exhibition pour le plaisir de la compagne de l'Akharet. Je n'aurai pas à prendre la décision de le tuer ou d'être tuée. Hassim, mon premier ami dans cette vie, mon camarade, qui m'a appris tout ce que je sais de l'art de combattre — sauf ce que je savais en naissant, semble-t-il, ou tout au moins en naissant dans cette vie. Où ai-je acquis ces connaissances, je ne le sais toujours pas, et je réalise maintenant que je ne le saurai peut-être jamais. Bien que je me batte dans le style de Gyre, je n'ai pas appris à me battre à Gyre.

Nous coucher de bonne heure fait partie de notre programme d'entraînement ; comme les autres se retirent, Ifania nous fait signe de la suivre dans sa chambre, à Beizun et à moi. Cela ne me déplaît pas, mais quand je découvre que Kerrak sera de la partie, je décide que je ne lui permettrai pas de faire l'amour avec moi cette nuit, quoi que Beizun ou ma maîtresse puissent dire.

Mais cela me sort de la tête quand j'entends ce qu'Ifania lui dit.

— Tu es beau et de noble naissance, et je n'ai pas d'enfants. Si tu devais m'en donner un, Kerrak, je l'élèverais dans ma maison, et, mâle ou femelle, j'en ferais l'héritier de tous mes biens.

— Ma maîtresse est généreuse, dit-il d'une voix altérée.

Mais je vois son regard s'attarder sur Beizun, et je soupçonne que c'est elle qui l'intéresse vraiment, non Ifania ni moi, tous les dieux en soient loués. J'espère quand même que cela ne créera aucune dissension entre ma maîtresse bien-aimée et ma très chère amie.

J'avais cru que la nourrice plaisantait en parlant d'un plus grand lit, mais celui où Ifania nous attend est assez large pour nous quatre, et il reste de la place. Elle m'attire contre elle et murmure en me caressant :

— Je suis un peu troublée, car je n'ai aimé que des femmes et je n'ai jamais été avec un homme. Kerrak est beau et paraît très gentil, cependant je ne suis pas sûre — j'aimerais beaucoup avoir un fils ou une fille, mais je connais si peu les hommes....

Je la comprends, et m'empresse de la rassurer.

— Il n'y a rien d'effrayant à ça, lui dis-je.

Pourtant, au souvenir de cette première fois dans le désert, où je me débattais, épouvantée, je ne sais quoi ajouter. Parce que je sais que c'est mal pour moi, que puis-je dire à Ifania, qui a fait ce choix car elle désire un enfant ?... J'ajoute :

— Beizun te rassurera mieux que moi. Elle connaît l'amour des hommes et il ne l'effraie pas.

Ifania tend les bras à Beizun, et ce sont bientôt des ébats enjoués, comme précédemment, entre Beizun, Kerrak et moi, avec caresses, baisers, étreintes plurielles, sans que personne sache très bien quels bras, quelles lèvres, quels corps l'ont touché. Je ressens une réelle tendresse pour mon amie et ma maîtresse, et quand Ifania s'écarte de Kerrak au dernier moment, effrayée, c'est moi qui lui murmure des encouragements ; après tout, je me rappelle que c'est censé donner du plaisir et que ça ne m'a pas fait mal ; et ce qu'elle veut de lui, elle ne peut pas l'avoir sans ça. Je comprends qu'elle est encore un peu troublée à la façon dont elle tremble sous lui et se cramponne à moi ; j'ai envie de la rassurer, de la réconforter, mais que puis-je dire alors que c'est un acte que je refuse ? Après, quand il se tourne vers moi, je m'écarte et j'esquive son baiser.

— Mais tu m'as dit que c'était très bien, murmure Ifania avec reproche, et maintenant, tu refuses ce que tu m'as encouragée à partager.

Je peux seulement répondre, désemparée, que pour moi c'est différent, mais que je ne sais pas exactement pourquoi.

— Tu sais que j'ai perdu la mémoire. Tout ce que je peux dire c'est que j'ai la conviction que, pour moi, d'une certaine façon, c'est mal, c'est interdit. Je ne peux pas prétendre que ce n'est pas bien pour les autres, mais je sais que, pour moi, c'est mal. Ne me force pas à faire ça, je t'en supplie, maîtresse bien-aimée !

— Tous les dieux me préservent de t'obliger à aller contre ta conscience, déclare Ifania. Un jour peut-être, tu sauras pourquoi il en est ainsi. Jusque-là, je n'exigerai rien de toi, à part ton affection.

Beizun s'assied, et me regarde avec ressentiment.

— Zadieyek, es-tu donc en colère contre moi ?

— J'étais furieuse, mais ce qui est fait est fait. Je te pardonne, comme j'ai pardonné à mon frère Kerrak. Seulement, je vous supplie de ne plus me demander de me donner à un homme.

— Je te le promets. Je ne comprenais pas ce que tu ressentais, car je ne voudrais pas te blesser pour tout l'or du monde. Je voulais seulement partager avec toi l'un des plus grands plaisirs que je connaisse, comme j'aurais partagé un bon vin dont tu n'aurais jamais bu.

Beizun m'attire dans ses bras, et nous nous endormons, tendrement enlacées.

Chapitre XII

L'aube se lève sur le jour des jeux. Quand nous nous rassemblons, les femmes de Gyre sont troublées ; elles n'ont jamais combattu dans l'arène, mais seulement à l'école d'arts martiaux.

C'est moi qui les rassure.

— Ce n'est qu'une exhibition ; si vous vous battez mal, si vous êtes maladroites, le châtiment sera un mauvais combat, pas la mort.

— Mais si nous nous battons mal, Ifania sera-t-elle mécontente ? demande l'une.

Déjà, toutes l'adorent.

Notre entraînement a été dur et continu ; nous sommes toutes au sommet de notre forme. La veille, Marfa nous a exercées longtemps après la tombée de la nuit, puis elle nous a renvoyées en nous recommandant de coucher seules, et je crois que, si cela avait été en son pouvoir, elle aurait remplacé la recommandation par un ordre.

Dès l'aube, toute la maison est en révolution. Toutes les huit, Beizun, Aris, moi, la femme de Rhadamuth et les quatre femmes de Gyre, nous sommes baignées, massées, et parées comme des poupées de nos tuniques de combat, toutes neuves et aux couleurs qu'Ifania s'est choisies pour l'arène. Marfa vient nous coiffer, et insiste pour nous couper presque à ras les cheveux.

— Car, dit-elle, votre adversaire peut vous attraper par une tresse et vous réduire à sa merci.

Mais Aris refuse.

— Mes cheveux, c'est moi ! déclare-t-elle. Je combattrai avec, et s'il le faut, je mourrai avec.

Et, quand Marfa s'approche de Beizun avec ses grands ciseaux, elle rugit :

— Arrière, ou je te fais avaler tes ciseaux ! Tu ne toucheras pas mes cheveux, ni ceux de Zadi. Tu peux bien intimider ces novices, mais j'entrerai dans l'arène en tant que femme, pas comme abeille ouvrière.

— Très bien, mais ce n'est pas une raison de hurler, réplique Marfa, pincée. Je dis ça pour ton bien ; je trouve vraiment que c'est moins dangereux, et la maîtresse serait furieuse si je risquais ta vie sans nécessité.

Beizun rétorque, bourrue :

— Je sais, et lui donne une bourrade amicale dans le dos qui la fait hurler.

Puis elle vient me proposer de natter mes cheveux, comme elle l'a déjà fait plus d'une fois, et je suis touchée de ce geste. Je me rappelle la chambre près du bassin, après ma première traversée du désert, et la douce femme qui a fait mes tresses ; et la première fois où Beizun m'a rendu ce service fraternel, elle, ma première amie dans cette vie. La mémoire frémissante, je pense au tout premier de mes amis, à Hassim et à sa gentillesse, et je me demande si je le verrai aux jux.

Quand nous sommes prêtes, Marfa vérifie les ceintures, les sandales (« Vous verrez, le jour où une lanière de sandale se rompra — mais quand ça arrivera, vous ne vivrez sans doute pas pour vous en souvenir ») et s'assure que tout est bien solide et en ordre ; elle ôte leurs bijoux à une ou deux femmes, fronce les sourcils en avisant les boules d'ambre à mes oreilles.

— Enlève-les.

— Pourquoi ?

Alors elle tend la main et tire violemment dessus, et je hurle.

— Ne donne aucune prise à ton adversaire, déclare-t-elle, regardant de travers les tresses que Beizun s'est enroulées sur la tête, puis elle me montre le lobe à moitié arraché de son oreille.

— Souvenir d'un de mes combats. Et dont j'aurais préféré me passer.

A regret, j'enlève les boules d'ambre. Elles sont la clé de mon nom et de mon identité, mais quand Marfa les met dans sa poche, je sens que c'est bien. Elles appartiennent à Ambre, non à Zadieyek, qui, d'où qu'elle vienne, n'est certainement pas de Gyre.

Et aujourd'hui, je suis Zadieyek, entièrement Zadieyek ; sans aucun souvenir de cette autre vie cachée qui, ma mémoire commençant à se réveiller, pourrait me réclamer bientôt.

Quand nous sommes prêtes, elle nous donne nos armes. Mon épée, et le bouclier qui a été poli, astiqué, et traité à l'aide d'une substance qui le fait briller comme de l'or ; je scintille au moindre mouvement. Je ne sais pas comment on obtient ce brillant, mais c'est très efficace et il aveuglera sans doute mon adversaire.

La lumière m'éblouit quand j'entre dans le vaste espace découvert où les jeux auront lieu. Je regrette un instant que ce ne soit pas à la Maison du Destin, que je connais, et où j'ai combattu deux fois, et vaincu.

Dans cette petite arène privée, il n'y a pas de procession cérémonielle, mais, à l'autre bout du stade, je vois des hommes vêtus de la pourpre de l'Akharet et de l'écarlate de sa compagne —, ou est-ce le contraire ?

Mon imagination n'a pas trouvé comment on pouvait présenter un frondeur dans une exhibition, les petites pierres, projetées avec force, étant invariablement mortelles. Maintenant, je découvre que le frondeur n'est pas armé de pierres, mais de boules molles pleines d'un liquide coloré, qui leur donne un poids à peu près équivalent à celui des pierres, et qui éclateront à l'impact, répandant la teinture sur la victime ; les règles du combat stipulent que si la tête de Beizun est éclaboussée de teinture, elle sera comptée comme morte, et le frondeur déclaré vainqueur. Astucieux. J'aide Beizun à revêtir sa cuirasse, lui murmurant qu'il s'agit simplement de se couvrir de son bouclier jusqu'à ce que le frondeur ait épuisé toutes ses pierres — ou plutôt, toutes ses boules.

Beizun s'avance vers le frondeur, qui est le même petit homme jaune que j'ai vu vaincre après quatre tournoiements de sa fronde, le jour de ma première apparition dans l'arène. La foule le voit et éclate en acclamations. Il est très populaire. Beizun est accueillie par des hurlements, provoqués, je le sais, par l'idée sadique qu'elle se bat pour sa vie, même si ce n'est pas un combat à mort, et je réalise avec horreur que ce qu'ils désirent vraiment, c'est de voir une femme battue et humiliée. Peut-être est-ce un désir universel — du moins chez les hommes — de se rassurer, de constater que toute femme qui ose s'opposer à eux sera ainsi battue, ainsi humiliée.

En beaucoup moins de temps qu'il n'en faut pour le dire, Beizun a levé son bouclier pour saluer et remercier la foule, comme si tous les cris avaient été des encouragements, puis elle se place face au frondeur. Il fait tournoyer son bras — si vite qu'on ne le voit pas, et la boule s'envole. Le bouclier de Beizun est en place, et une grosse tache de teinture jaune le macule.

La foule chante :

— Une !

Lentement, elle tourne autour de son adversaire, tenant prudemment son bouclier devant elle.

Une deuxième et une troisième feinte de la fronde, puis il lâche la seconde boule qui s'écrase sur le bouclier.

La foule psalmodie rituellement :

— Deux !

Pour moi, ce combat sans enjeu est ennuyeuse, et je me détourne, le suivant uniquement par les cris de la foule. Certains spectateurs, je crois, sont maintenant du côté de Beizun. Quand j'entends psalmodier « treize » — presque un *tammarim* — je me retourne : Beizun commence à avancer sur le petit frondeur, l'épée levée. Les taches de teinture sont surtout sur son bouclier — je ne peux pas les compter, mais je suppose que la foule l'a fait. La fronde se remet à tournoyer, et quelqu'un dans la foule crie :

— Quatorze ! Un *tammarim !*

Beizun est prête à baisser son bouclier ; elle est presque sur le frondeur quand je réalise que je n'ai pas vu de tache fraîche de teinture. Une feinte, un piège ! J'ai envie de hurler un avertissement à Beizun, mais, quand elle commence à abaisser son bouclier et court vers son adversaire, je vois le mouvement révélateur des épaules du frondeur, et, avant que j'aie pu hurler pour la prévenir — mais m'entendrait-elle par-dessus les vociférations de la foule ? — , la fronde tournoie et Beizun reçoit la boule d'eau en pleine figure, juste au-dessus du bouclier partiellement abaissé. Le frondeur se pavane ; selon les règles du jeu, elle est morte. Je vois son regard furibond quand elle essuie la teinture qui lui a giclé dans les yeux et qui est irritante, presque caustique. Elle se rue vers le seau à boire, se rince vivement les yeux, et je vois ses lèvres qui remuent. Elle jure entre ses dents. Je suis trop loin pour l'entendre, mais en cet instant, je ne voudrais pas être à la place du frondeur. Il continue à se pavaner sous les bravos et les acclamations quand Beizun se redresse et lui court après. Elle l'attrape par-derrière, le soulève de terre, et, le couchant sur son genou, le fesse du plat de son épée. La foule, toujours prête à rire, surtout d'une plaisanterie cruelle — même d'un favori populaire —, se déchaîne et acclame son nom.

Pourtant, il y a comme une nuance d'incrédulité, et même de déception, dans ce renversement de situation, dans cette juste punition de la traîtrise du frondeur. Ils voulaient la voir détruite, et, comme c'est une exhibition et qu'elle ne pouvait pas être tuée, ils auraient voulu la voir battue et humiliée. Ils sont furieux de son rétablissement et de sa revanche, même s'ils sont justifiés. S'il s'était agi d'un combat réel à la Maison du Destin, Beizun serait maintenant allongée sur le sol, la tête éclatée. Je me dis que cette expérience lui conseillera la prudence la prochaine fois qu'elle sera opposée à un frondeur, et qu'elle lui sauvera peut-être la vie. Elle marche vers le podium du vainqueur. Certains — dont notre chère maîtresse — l'applaudissent avec ferveur, et elle s'incline profondément.

Maintenant, c'est mon tour. J'entre dans l'arène sous des applaudissements fournis. Hassim est sinistre et méconnaissable derrière la visière protectrice de son casque.

Il est venu, le jour que je redoutais, où mon plus cher ami et moi, nous devrions nous affronter, épée en main. Je lève mon arme pour saluer ; il salue à son tour, et immédiatement, sans avertissement, se rue sur moi. Avant que j'aie réalisé ce que je fais, spontanément, je pare, nos lames glissent l'une contre l'autre, des ciseaux mortels se rapprochant de ma gorge. Je pousse et me dégage, nous nous ruons l'un sur l'autre et rengageons le fer. Ses coups répondent aux miens ; nous sommes de force égale, sans le moindre avantage d'un côté ou de l'autre.

Il est encore tôt, mais le soleil est entré dans l'arène, et j'effectue un mouvement tournant pour ne pas avoir ses rayons dans les yeux. Hassim fait assaut pour prendre l'avantage, mais je le contrains à reculer.

Je repense à une jeune femme terrorisée hurlant dans ses cauchemars, et à Hassim qui la réconforte, me laissant me blottir contre lui, sans me toucher. Hassim m'enseignant le maniement des armes. Et pourtant, la superbe machine à tuer qu'est devenu mon corps veut continuer jusqu'aux limites de sa résistance, malgré mon désir d'arrêter.

Je suis lasse, mes bras sont fatigués de lever la pesante épée, le bouclier que tout le monde trouve trop lourd pour moi. La lame d'Hassim cogne contre mon bouclier, et je suis tentée de le lâcher. Qu'est-ce que j'ai à perdre ? Ce n'est pas un vrai combat où un faux mouvement est suivi de la mort ; je n'ai rien à gagner en forçant Hassim à une défaite technique, rien à perdre en baissant mon épée et à lui laisser la gloire d'avoir vaincu Zadieyek.

Pourtant, quelque chose en moi, comme cette résistance intérieure à permettre à Kerrak l'usage de mon corps, m'empêche d'abaisser mon arme et de reconnaître ma défaite, bien que tous mes muscles soient endoloris par l'effort. Je ne sais même pas ce qui serait considéré comme victoire ; dans l'arène, ce serait le tuer, mais ici, je suppose que je dois l'obliger à mettre un genou en terre, dans une posture où je pourrais l'achever au mouvement suivant.

Je dirige un moulinet fulgurant sur ses jambes ; il saute pour éviter ma lame, trébuche et tombe. Je prends vivement l'avantage, l'épée sur sa gorge, le roulant sur le dos de mon pied. Puis je murmure, pour que la foule n'entende pas :

— Un mot, et j'abaisse mon épée et nous reprenons le combat.

Mais l'arbitre nous a déjà rejoints ; il me fait signe de relever mon arme pour que Hassim puisse se remettre debout, puis il me conduit au centre de l'arène où la foule m'acclame.

— Zadieyek ! Zadieyek de Gyre ! Guerrière ! Victorieuse !

Ma chère maîtresse accourt pour me faire sortir de l'arène, et me passe un collier d'ambre autour du cou.

— Il sera assorti à tes boucles d'oreilles, dit-elle. Et

chaque fois que tu le mettras ou l'enlèveras, tu penseras à moi.

Ainsi je sais qu'elle est jalouse de Beizun, et je voudrais pouvoir la rassurer.

— Mes guerrières me couvrent de gloire, dit-elle. D'abord Beizun, et puis toi. Je voudrais trouver pour Beizun un cadeau digne d'elle ; je l'aime aussi, et je ne veux pas la négliger. A ton avis, qu'est-ce qui lui plairait le mieux ?

— Tu devrais le lui demander toi-même, Ifania. Je crois qu'elle te le dirait sans façons.

Ifania m'embrasse de nouveau et dit :

— Je supporte difficilement l'idée de te renvoyer combattre dans l'arène, de peur de te perdre.

Je lui rappelle qu'il s'agit de jeux d'exhibition et que je ne cours aucun danger. Elle semble à peine m'entendre.

— Tu es au programme pour un autre combat, cet après-midi. Même pour une exhibition, et sans savoir pourquoi, j'ai le pressentiment que si tu retournes dans l'arène, je te perdrai.

Moi aussi, je suis saisie de l'inexplicable prémonition que, si je retourne dans l'arène cet après-midi, quelque chose arrivera, que Zadieyek de Gyre, qui n'est pas du tout de Gyre, ne reviendra jamais à la vie qu'elle s'est construite ici.

Néanmoins, c'est mon destin : par ma libre volonté, j'ai choisi d'être une guerrière, et rien d'autre ne compte en regard de cela.

Puis il y a deux combats entre les hommes de l'Akharet et ceux de sa compagne, et les gladiatrices d'Ifania sont autorisées à aller à l'autre bout de l'arène, pour s'asseoir, pour boire de l'eau (Marfa est là pour empêcher celles d'entre nous qui ont un combat l'après-midi de boire à satiété) et pour s'allonger. Elles ne tarissent pas de compliments envers Beizun et moi.

Je ferme les yeux pour me protéger du soleil aveuglant, me demandant ce qui vient ensuite. Epée contre fronde, épée contre épée, épée contre les armes exotiques que je viens juste d'apercevoir dans l'arène.

Je n'ai plus peur ; j'ai trouvé ma place, je fais ce que le Destin m'avait contrainte à faire. Tandis que je me repose, allongée, laissant ma respiration reprendre son rythme normal, je vois un guerrier vêtu de la pourpre de l'Akharet traverser lentement le sable de l'arène.

Suit une interruption des jeux, et, dans les gradins au-dessus de nous, patriciens et patriciennes déjeunent, en échangeant paris et commérages. Pour eux, nous ne sommes que des jouets, des jouets chéris et choyés ; et je ressens de nouveau cette conviction profonde que nous sommes des humains, que *personne ne devrait avoir à vivre comme cela.*

Le guerrier vêtu de pourpre s'approche avec hésitation de l'endroit où je suis allongée parmi les femmes d'Ifania. Comme je m'en doutais, c'est Hassim. Marfa le foudroie du regard, mais je lui fais signe d'approcher.

— C'est mon ami, le plus cher des amis que j'ai ici, dis-je, et je me lève pour me retrouver serrée dans ses bras. « Je croyais que tu m'en voudrais de t'avoir vaincu devant tous ces gens, ajouté-je à son intention.

— T'en vouloir ? Non, ma Zadi, tu m'as vaincu régulièrement. J'espère que les dieux auront la bonté de ne plus nous faire rencontrer sur le sable, car, ce jour-là, ce serait mon devoir détesté de te tuer.

— Les dieux nous en préservent, acquiescé-je, et je reste serrée dans ses bras, sachant que ce qu'il y a entre nous est, à bien des égards, et peut-être à tous les égards, préférable à ce que j'ai donné à Kerrak.

Cela ne me trouble plus que je le lui aie refusé, et que je continue à le lui refuser. Cela n'a pas d'importance ; car, même entre hommes et femmes, l'amitié est meilleure que le sexe.

Au bout d'une minute, nous nous écartons et il rit doucement.

— Mais ce n'est pas pour ça que je suis là, ma Zadi. J'ai découvert qui sera ton prochain adversaire et je suis venu te le dire. Je craignais que tu t'en inquiètes.

Hassim est vraiment mon ami. Je prends tendrement sa main et dis :

— C'est gentil de ta part, Hassim. J'espère seulement que tu n'as pris aucun risque.

— Non ; mais tu sais comme tout le monde que les

tirages au sort sont truqués. Ça n'intéresserait personne que deux gladiateurs sans talent se combattent, et il n'y aurait pas de spectacle. La loi exige seulement que quiconque a des combattants en lice ignore les noms des adversaires, pour ne pas influencer les paris.

J'aurais dû m'y attendre ; ceux qui idéalisent les jeux ne se rendent pas compte que tous les talents sont au service d'individus corrompus ne pensant qu'à s'enrichir ; nous autres gladiateurs, nous combattons et nous mourons, non pour la gloire, mais pour le gain d'un pari.

— Et ce n'est même pas un combat à mort, dit Hassim. On ne devrait pas te déshonorer comme ça, Zadi ; on t'oppose à un novice, un garçon qui sait à peine soulever son épée. Il y aurait peu d'honneur pour toi à le vaincre, même s'il s'agissait d'un combat à mort à la Maison du Destin.

J'ai cessé de penser à l'honneur. Rien ne dépend de ces combats, sauf l'excitation d'une oligarchie corrompue, intoxiquée par le jeu comme par une drogue. Néanmoins, je combattrai proprement et honnêtement tant que je vivrai, pour ma maîtresse et pour ma propre gloire. Et si je meurs, eh bien, tout le monde doit mourir un jour, d'une façon ou d'une autre, et au moins, la mort d'un gladiateur est rapide, sans les handicaps de la maladie, de l'invalidité et de l'âge.

Une cloche sonne, et je sais qu'elle signale la reprise des jeux. D'abord, il y a un combat au bâton, entre deux hommes qui doivent être des acrobates, car ils ne cessent de sauter en se donnant des coups, de bondir, tombant, roulant avec des gestes comiques et des cabrioles ; la foule rit et applaudit à tout rompre.

Puis Aris s'avance pour son premier combat, tenant sa courte épée et son bouclier aussi facilement qu'une enfant son sac d'école, sa longue tresse rebondissant dans son dos. Son adversaire est un grand guerrier armé d'une hache ; ils sont face à face, pied contre pied, et il fait un puissant moulinet, qui devrait la fendre en deux ; elle saute de côté et reçoit le coup sur son bouclier. Je surveille tous les mouvements en retenant mon souffle ; je ne veux pas qu'elle se fasse tuer d'un coup du tranchant de cette hache, ce qui arrivera sûrement si elle fait une seule erreur : cette arme ne me semble pas convenir à une exhibition.

Plus tard, quand il lui assène un coup terrible et que la défense d'Aris défaille, je m'aperçois que la lame d'acier de la hache a été remplacée par une lame en bois, traitée avec la même substance brillante qui fait scintiller mon bouclier. Il la frappe, et elle tombe ; c'est alors que je découvre que c'est un bloc de bois, car je ne vois pas de sang, et sa tête n'est pas fendue ; l'arbitre s'approche d'elle, lui déclare qu'elle a perdu, et elle revient vers nous, frictionnant sa tête endolorie et pleurant de frustration.

Marfa lui dit d'un ton bourru — car elle aime la petite, elle aussi :

— Tu as eu de la chance ; une autre fois, ta tête ne sera pas meurtrie, elle sera par terre et ne reviendra jamais sur tes épaules. Les dieux soient loués de ce mal de tête, ma fille. Bois ça, et repose-toi à l'ombre.

Puis, c'est de nouveau mon tour. J'étudie le jeune homme qui marche vers moi, et je me dis que le soleil m'a trop tapé sur la tête, car j'ai l'impression de reconnaître sa démarche, sa silhouette. Il porte la tunique blanche des novices de l'arène, mais sinon, rien. Il a les cheveux noirs et bouclés comme moi, et, ainsi que me l'a dit Hassim, il tient son épée comme s'il ne savait pas par quel bout la prendre. Nous nous arrêtons l'un devant l'autre, et saluons en levant nos épées. Nos yeux se rencontrent.

— Ambre ! s'écrie-t-il. Je me demandais si c'était bien toi !

Immédiatement, je me rappelle, je le reconnais et je crie son nom.

— Jade !

Nos armes oubliées, nous nous tombons dans les bras. Je suis rentrée à la maison, c'est mon ami, mon partenaire, mon frère d'armes. Il murmure :

— Il faut faire un numéro pour ces gens, Ambre, c'est pour ça qu'ils sont venus.

Et d'un geste que j'attends presque avant qu'il ne le fasse, il me projette par-dessus son épaule, et je tombe de tout mon long dans le sable. Mais je roule sur moi-même, me remets debout d'un mouvement fluide, comme si j'étais montée sur des ressorts, et je me rue sur lui en hurlant machinalement :

— Hai !

Et c'est lui qui tombe.

Nous avons souvent combattu ainsi, je le sais, des centaines de fois. Plus d'une fois, pour rire — mais mortellement sérieuse pourtant —, j'ai parié ma virginité sur ma capacité à le vaincre ; mais je savais que je n'étais pas en danger, sortant de chaque rencontre vierge comme j'y étais entrée. Car les femmes de ma caste, je m'en souviens maintenant, jurent qu'aucun homme ne les touchera tant qu'elles poursuivront une vie de guerrière. C'est pourquoi j'ai refusé Hassim, c'est pourquoi je me sens coupable d'avoir accepté Kerrac.

Encore et encore, nous nous projetons à terre à tour de rôle, exécutant des figures bien rodées pour les exhibitions qui plaisent à la foule ; les gens rient et acclament, jusqu'à ce que nous nous arrêtions, hors d'haleine et souriants, répugnant chacun à lever la main et reconnaître la défaite. Epaule contre épaule, nous restons immobiles, comme nous l'avons fait des centaines de fois à l'entraînement.

Je murmure :

— Jade, mon frère, qu'est-ce que tu fais là ?

Ma voix est rauque d'épuisement, mon souffle à peine suffisant pour le murmure.

— Je te cherche. Emeraude et Béryl sont de l'autre côté de la rivière, murmure-t-il, et il m'embrasse subrepticement. Et toi ? Nous nous rongions d'inquiétude. Qu'est-ce qui s'est passé ? La navette s'est écrasée ? Nous n'avons rien entendu...

Je sais maintenant ce qu'était le feu blanc, et l'explosion qui m'a ravi ma mémoire. Des bandits du désert qui n'auraient pas osé approcher d'une navette défendue par des armes d'outre-planète, n'ont eu aucun mal à s'emparer de la navette en feu, en sortant un butin sans prix et la seule passagère survivante. Et elle leur a facilité les choses, ayant perdu la mémoire et régressé au stade de l'enfance à cause de ses blessures à la tête.

J'aurais dû savoir qu'ils me chercheraient — les membres de mon groupe, trois hommes et trois femmes, passés maîtres dans tous les arts martiaux, devaient — je m'en souviens maintenant — entrer dans les arènes de cette planète pour en étudier la signification. Sans m'en souvenir, et sans m'en douter, j'ai rempli ma mission.

L'arbitre s'avance vers nous.

— Si aucun de vous deux ne veut reconnaître la défaite, je suppose que je dois déclarer ce combat sans vainqueur ni vaincu. Bien que ce style de combat ne me soit pas familier, je ne vois pas qu'aucun des deux ait eu le moindre avantage.

Nous nous inclinons l'un devant l'autre, de la manière cérémonielle prescrite, et nous sortons de l'arène bras dessus, bras dessous.

Hassim nous rejoint.

— Qui est cet homme, Zadi ? demande-t-il.

— Mon frère d'armes, dis-je. Plus qu'un frère de sang selon nos lois.

Jade sourit à Hassim.

— Un ami d'Ambre est aussi mon ami, dit-il en s'inclinant.

Puis Marfa s'approche et me demande avec humeur :

— Qu'est-ce que c'est que cette exhibition ? Je te prenais pour une guerrière, pas pour une acrobate !

A son ton, je reconnais que c'est la pire insulte qu'elle puisse faire ; pourtant, je lui rappelle en riant que c'est elle qui m'a enseigné les culbutes et les cabrioles pour plaire à la foule.

— Grand-mère... commence gravement Jade.

Dans notre société, c'est le titre d'honneur le plus grand qui soit, mais pas ici ; pourtant, Marfa semble comprendre son intention, et elle lui rend son salut.

— Crois-moi, poursuit-il, c'est une technique pour tuer sans armes, plus dangereuse que l'épée. Si tu veux, oppose-moi à n'importe quel mirmillon, je l'affronterai à mains nues et je le vaincrai.

Marfa bougonne que, si elle était l'organisatrice des jeux, elle le prendrait au mot pour voir s'il pourrait réaliser son arrogante vantardise ou la payerait de sa vie. Mais Jade a toujours eu le don de charmer les vieilles dames. Je le revois, utilisant ce talent sur ma propre grand-mère, quand il est venu la cajoler pour qu'on me laisse participer à cette mission avec notre groupe ; notre famille n'a jamais fait partie de celles qui voyagent dans l'espace, pour le profit ou pour la gloire, et je suis fille unique. C'était déjà assez regrettable que j'aie adhéré à la guilde collective des arts martiaux, mais partir dans l'espace était ressenti comme un déshonneur pour la famille ! Pourtant, le charme avait fini par gagner ma grand-mère à sa cause, et même ma mère avait béni mon départ, avouant qu'elle aimait sincèrement mes sœurs d'épée, Emeraude et Béryl, et donnant aux hommes, Jade, Ivoire et Agate, des cadeaux aussi beaux que les miens. Marfa nous quitte en fronçant les sourcils, comme Ifania traverse l'arène. On annonce le prochain combat, qui opposera un homme de l'Akharet à Beizun, et Ifania s'arrête pour l'encourager d'une tape sur l'épaule, tandis que Beizun se dirige vers l'arène.

Il me tarde toujours de savoir comment Jade a atterri dans l'arène, et je le lui demande.

Il se contente de murmurer :

— C'est une longue histoire...

Il se retourne vers Ifania.

— Ifania, ma maîtresse, dis-je, et j'ajoute, avant qu'elle ait posé la question : Je te présente Jade, mon frère d'armes, qui est venu me chercher.

Jade s'incline et ajoute :

— Je la cherche depuis longtemps ; mais quand je suis venu à l'arène, elle était en voyage. Ainsi, tu es la protectrice qui, sans le savoir, a acheté une femme libre, ma sœur Ambre.

— Ta sœur ? Tu es le fils de son père et de sa mère ?

— Pas exactement ; mais nous sommes sœur et frère par serment, dit Jade.

Il sait qu'il est impossible d'expliquer à quelqu'un d'extérieur la notion de groupe d'épée ; mais c'est à cause de notre habileté aux armes que nous avons été volontaires pour venir ici et étudier les arènes de ce monde, anomalie qui perdure dans cette société primitive.

— Tu dois me permettre de payer la rançon de ma sœur, Ifania, dit Jade. Quel que soit ton prix, il est le mien. S'il dépasse les moyens dont je dispose ici, donne-moi le temps de contacter ma famille ailleurs... — nous n'avons pas l'intention de divulguer que nous venons d'un soleil étranger et qu'un appel sur une radio soigneusement dissimulée ferait immédiatement atterrir une navette pour nous évacuer — et tu seras payée en totalité.

Ifania réplique, avec sa susceptibilité coutumière :

— Je ne veux pas me séparer d'elle. Elle m'est très chère — non comme esclave, mais comme amie. Votre famille ne lui permettrait-elle pas de vivre dans ma maison si je la libère officiellement ? Zadi, mon trésor, désires-tu vraiment me quitter ? demande-t-elle en me tendant les bras, et je l'embrasse en retour.

— Ce n'est pas que je désire te quitter, mais je sais maintenant que cette ville n'est pas ma patrie, dis-je avec sincérité. Je t'en supplie, Ifania, laisse-moi partir !

Je m'agenouille, les deux mains sur mon front, comme je l'ai vu faire aux autres esclaves, mais comme je ne l'ai jamais fait moi-même jusqu'à ce moment. Elle dit enfin :

— Si c'est la liberté et ta famille que tu désires, ma Zadi, les dieux me préservent de te retenir contre ta volonté. Je pensais, je ne sais pourquoi, que ta famille t'avait cruellement maltraitée et que tu t'étais enfuie ; pour cette raison, j'étais heureuse de t'offrir la protection de ma maison. Et je te chérissais aussi.

— Je le sais, ma chère maîtresse, dis-je.

Ma voix se brise.

— Sois certaine que je ne t'oublierai jamais.

— Et le prix ? s'enquiert Jade.

Ifania agite la main avec désinvolture.

— Comme elle n'a pas été légalement achetée à quelqu'un qui avait le droit de la vendre, je ne parlerai pas de prix. Acceptez sa liberté comme mon cadeau d'adieu. Quant aux individus méprisables qui l'ont enlevée et vendue — tu ne savais pas ? L'Akharet pourrait peut-être nous dire qui l'a enlevée à la sécurité de sa famille et vendue illégalement, alors qu'elle avait perdu l'esprit et la mémoire.

J'espérais qu'elle ne parlerait pas de cela ; Jade a l'air horrifié, et il me jette un regard à la fois choqué et compatissant. Il ne me censurera pas ; aucun de mes frères, aucune de mes sœurs ne me censurerait ; mais ils pourraient avoir pitié de moi.

— Raconte-moi tout, dit Jade d'un ton sans réplique.

Alors, je lui raconte ce que je me rappelle, et c'est peu.

Finalement, le visage livide et défait, la voix presque noyée sous les rugissements de la foule qui s'enroue elle-même parce qu'une guerrière de Gyre vient d'assommer un homme de l'Akharet, qui gît sans connaissance sur le sable — en fait, j'apprendrai plus tard qu'il est mort d'une commotion cérébrale — il parvient à prononcer les mots que j'ai besoin d'entendre. Je me suis souvent reproché de m'être soumise, de ne pas m'être défendue au prix de ma vie. Mais Jade me tapote les épaules de ses mains qui ne manifestent aucune révulsion, et il dit :

— Rien de tout ça n'est ta faute. Tu as fait ce que tu devais pour survivre. Choisir l'épée plutôt que la prostitution, *ça*, c'est un courage de guerrière. Je suis fier d'être ton frère, Ambre.

Cela me fait presque défaillir, alors que j'ai toujours été ferme devant le danger. Jade continue un moment à échanger des politesses avec Ifania, la suppliant de le laisser au moins la dédommager pour les cadeaux adressés à l'Akharet, afin de le convaincre de me laisser aller dans sa maison. Mais elle refuse obstinément, et, à la fin, j'enlève les boules d'Ambre que j'avais remises à mes oreilles et je la supplie de les accepter.

— De tout ce que je possède, c'est l'objet qui m'est le plus cher. Ce fut un cadeau d'amour de Beizun, et la seule chose qui soit vraiment à moi. Garde-les, et chaque fois que tu les porteras, pense à Ambre.

Cela la fait pleurer. Je sais que je ne l'oublierai jamais et qu'elle me manquera toujours. Mais quand Beizun revient, victorieuse de son second combat, c'est dans ses bras que je me jette en sanglotant. Avec elle, je me sépare non d'une bonne maîtresse, mais de ma chère amie du désert, avec qui j'ai partagé les dangers et les aventures, et aussi l'amour.

Pour elle, au moins, je peux faire quelque chose. Quand je murmure son histoire à Jade, il propose immédiatement de payer les dettes de jeu qui l'ont forcée à entrer dans l'arène — la somme est dérisoire, après tout, je suis choquée de son insignifiance, guère plus que le prix d'une robe ou d'une radio bon marché —, qui ont forcé une femme à choisir entre la prostitution et la mort.

— Eh bien, je suis déjà en route pour retrouver Rhadamuth et mes sœurs de la garde, dit joyeusement Beizun, mais, quand elle voit les larmes d'Ifania, elle l'embrasse et la console.

— Ne pleure pas, chère maîtresse. Il y a beaucoup de gladiatrices, et maintenant tu as Kerrak pour te tenir chaud la nuit, lui rappelle-t-elle. Et désormais, tu l'auras tout à toi.

Cela fait pouffer Ifania. A la fin des jeux, Jade insiste pour que j'aille défiler avec les vainqueurs.

— C'est ton droit, affirme-t-il, et ainsi, pour la dernière fois, j'entre dans l'arène et j'entends pour la dernière fois crier :

— Zadieyek ! Zadieyek de Gyre !

Ifania nous dit adieu et nous prête des montures et des tentes pour que nous puissions traverser le désert où notre navette est cachée. Bien sûr, elle s'imagine que nous allons à Gyre, dont elle me croit originaire. Je la laisse dans son erreur ; mais, quand Beizun vient nous demander d'aller voir Mikhala et de lui transmettre ses amitiés, je lui dis la vérité — ou du moins tout ce que je peux lui en dire.

— Nous allons beaucoup plus loin que Gyre, mon amour.

— J'en étais sûre, remarque-t-elle, et tu ne reviendras jamais.

— Non, jamais.

Elle baise les lobes de mes oreilles, dont j'ai enlevé les boules d'ambre qu'elle m'avait offertes, et murmure :

— N'oublie pas.

Et ainsi, je pars quand même avec un inestimable cadeau : avant cet instant, je n'avais jamais soupçonné que Beizun pût pleurer.

Chapitre XIII

Immobile et ligotée dans mon siège gravitationnel, je me tords le cou pour jeter un dernier regard sur la planète dont je ne connais pas le nom, la regardant s'éloigner au-dessous de moi. Je me rappelle la première nuit dans le désert, quand Jade et moi nous blottîmes l'un contre l'autre avant de nous endormir. Cela me fit d'abord pouffer, puis pleurer, et j'eus du mal à expliquer cette réaction à Jade.

— Je pensais à Beizun.

— C'était ton amante ; je l'avais deviné, bien sûr, dit Jade avec douceur. Dommage qu'elle n'ait pas pu venir avec nous ; en tant que guerrière, elle serait un ornement pour n'importe quel groupe d'épée.

— Elle ne comprendrait ni n'admettrait jamais notre situation — que les hommes et les femmes du groupe aient juré de ne jamais faire l'amour ensemble.

Je l'entendais d'ici :

« Pas étonnant que tu sois folle, à vivre avec trois hommes parfaitement normaux sans jamais coucher avec eux ! Vivre comme ça, il y a de quoi rendre fou n'importe qui ! »

Mais il est impossible que je le dise à Jade. Il aurait pitié de moi, ou il penserait peut-être que je veux le soumettre à la tentation de violer ce plus ancien de nos tabous. Malgré tout mon amour pour Jade, la seule idée de faire avec lui ce que j'ai fait, forcée, avec les bandits du désert, et que j'ai fait ensuite, volontairement, avec Kerrak, me soulève le cœur. Pourtant, je sais qu'il ne le proposerait jamais, et que, si je le lui proposais, moi, il serait révolté, et sans doute, aussi, impuissant à cause du choc et du dégoût. C'est un réconfort de dormir chastement dans ses bras, comme je l'ai fait d'innombrables nuits.

Et maintenant, je regarde pour la dernière fois la planète sans nom — elle n'en a un que dans les catalogues d'étoiles. L'arène et Zadieyek font maintenant partie de mon passé ; sur ce petit monde poussiéreux qui s'éloigne au-dessous de moi, j'ai connu la terreur, la force, la fierté — et l'amour. Un jour, quand la douleur se sera adoucie, je murmurerai peut-être ces choses à Emeraude avant de m'endormir ; nous avons été amantes avant même l'apparition de nos seins, alors, elle comprendra, et elle saura peut-être pourquoi je n'oublierai jamais. Mais même à elle, je continuerai à cacher quelques secrets. Je lui parlerai de l'arène, de la bravoure et de la gentillesse d'Hassim, d'Ifania et de Beizun. Mais même à elle, je ne parlerai jamais de Kerrak et du plaisir coupable que j'ai trouvé dans ses bras.

Il n'y a qu'à grand-mère que je dirai peut-être tout. Elle aussi a connu la souffrance de changer de mondes, elle sait que chaque chose gagnée en fait perdre une autre, et que chaque perte, quelque douloureuse qu'elle soit, fait gagner quelque chose. J'ai perdu mon identité d'autrefois, l'ancienne Ambre, sur ce monde inconnu, et j'ai découvert un autre moi. Et tandis que la planète disparaît, je réalise que sous la surface restaurée d'Ambre Léontas, il y aura toujours quelque chose de Zadieyek de Gyre. Et si ce n'est pas tout à fait bon, ce n'est pas entièrement mauvais non plus.

Mais, bon ou mauvais, je devrai vivre avec.

FIN

Achevé d'imprimer en novembre 1998
sur les presses de l'Imprimerie Bussière
à Saint-Amand (Cher)

POCKET - 12, avenue d'Italie - 75627 Paris Cedex 13
Tél. : 01-44-16-05-00

— N° d'imp. 2584. —
Dépôt légal : décembre 1998.

Imprimé en France